ALLTAGSHELDEN VON MONTAG BIS FREITAG

Frühstück 6
Mittagstisch 9
Koffeinshot 13
After-Work-Futter 16
NIMM DAS, DU LAHMER WOCHENSTART! 20
Feierabendbier 22
COUCH AM ABEND? LANGWEILIG! 26

WOCHENENDE – FEIERALARM!

Grundlage schaffen 30
Anlauf nehmen 34
Clubhopping 37
MÄDELSTOUR 42
BETRUNKEN IN SPELUNKEN 44
BEATS & BÄSSE 46
Absacker 49
Hunger nach Mitternacht 53
Katerfrühstück 55

WOCHENENDE – GANZ GEDIEGEN

Brunch'n'Breakfast 58
GUTEN MORGEN, SAMSTAG! 62
Will Mittagessen! 64
SOS, REGENSONNTAG! 68
Tortenschlacht 70
Sonntagabend, Tatortzeit 72
RAUS AUFS LAND! 76

UNTERWEGS MIT ...

... dem Schatz 80
GANZ. SCHÖN. HÄSSLICH. 82
... den besten Freunden 84
... den Schwiegereltern 88
... den kleinen Monstern 90
WIEDER KIND SEIN 92
... der lieben Familie 94
... der ganzen Verwandtschaft 96

FÜR WELCHEN HUNGER DARF'S WAS SEIN?

Riesenkohldampf 100
Gut für die Figur 104
KILL DIE KILOS! 106
So richtig gesund 108
Seelenfutter 110
DUMM GELAUFEN 112
Schneller Snack 114
Lokale Lokale 116
Echt exotisch 120
WELTREISE IN WIEN 124

MEHR ALS NUR ESSEN!

Schau-Plätze 128
Topservice 130
Beste Aussichten 132
BITTE WENDEN! 134
Sonnenplätze 136
Winterhöhlen 139
Irgendwie schräg 141
Hat Stil 144

DIE JAHRESZEITEN IM STADTVIERTELCHECK 146

Register 160
Impressum 163
Autoren & Fotograf 164

€€€ Exklusive Adresse (goldene Kreditkarte mitnehmen!)

MARCO POLO

WIEN FÜR WIENER

BESTE STADT DER WELT!

Food und Feiertipps für alle Lebenslagen

2020

mit Insider Tipps

VIENNA SIGHTSEEING
simply the best
GANZ
WIEN
ERLEBEN
© VIENNA SIGHTSEEING TOURS / Maximilian Rosenberger
HOP ON HOP OFF
VIENNA RING TRAM
TOUREN IN & UM WIEN
VIENNA PASS
VIENNA FLEXI PASS
15% SPAREN AUF HOP ON HOP OFF TICKETS*
*Online buchen auf www.viennasightseeing.
& mit dem Code MARCOPOLO 15% a
Classic, Royal & Imperial Ticket spare
Angebot gültig bis 31.12.2
TOURS
IN & AROUND
VIENNA
Vienna Ring Tram
VIENNA
FLEXI
PASS
VIENNA
PASS

ALLTAGS-HELDEN VON MONTAG BIS FREITAG

FRÜHSTÜCK 6

MITTAGSTISCH 9

KOFFEINSHOT 13

AFTER-WORK-FUTTER 16

Nimm das, du lahmer Wochenstart! 20

FEIERABENDBIER 22

Couch am Abend? Langweilig! 26

FRÜH-STÜCK

... bitte einpacken, das Büro wartet nicht

MUNTERWERDEN AUF ITALIENISCH

In diesem original italienischen Stehbuffet lässt sich der Tag mit Esprit beginnen. Das Cin Cin Buffet von Maria Fuchs in der Schottenbastei ist stylish und authentisch zugleich. Der Espresso kommt aus Neapel und schmeckt auch so. Und wenn noch etwas Zeit für eine Stärkung bleibt: *Focaccia* und *dolce* sind sagenhaft.

CIN CIN BUFFET

1. Bezirk | **cincinbuffet.at** | **Mo–Fr 7.30–22, Sa 12–19 Uhr** | **Schottenbastei 2** | **Tel. 0664 4 31 77 42**

KAFFEE, KÜHL GENOSSEN

Die superschicke Third Wave Coffee Bar mit den schrägen Lampen bietet Edel-Espresso bis Filterkaffee in den verschiedensten Varianten sowie Cold Drip und Cold Brew. Die nachhaltigen Bohnen stammen von der deutschen Rösterei Wildkaffee. Versuchen Sie den Hausblend (N°11).

BALTHASAR KAFFEE BAR

2. Bezirk | **balthasar.at** | **Mo–Fr 7.30–19, Sa 9–17 Uhr** | **Praterstr. 38** | **Tel. 0664 3 81 68 55**

PREISGEKRÖNTE PIRATEN

Keine Angst vor diesen Freibeutern: Abenteuerlich ist in diesem hippen Schuppen nur die Konstruktion der Holztheke. Aber die Mannschaft der Coffee Pirates hinter dem alten AKH ist extra entspannt und freundlich. Und nachhaltig: Der frisch gemahlene Kaffee ist von hoher Qualität und fair gehandelt. Gerade erst hat der Falstaff die Coffee Pirates als besten »Third Wave Coffee in Wien« ausgezeichnet.

COFFEE PIRATES

9. Bezirk | **coffeepirates.at** | **Mo–Fr 8–18, Sa/So 9–17 Uhr** | **Spitalgasse 17** | **kein Tel.**

DER LEITWOLF BRINGT SIE AUF TRAB

Das Wolfgang in der Zieglergasse ist nichts für Frühaufsteher. Wenn Sie aber erst nach acht Uhr im Büro sein müssen und auf der Suche nach einem hochprozentigen Kaffee zum Munterwerden sind: voilá! Im Designerklamotten-Laden gibt es ein paar Kaffeesorten, die in der Früh garantiert Ihre Lebensgeister wecken. Probieren Sie mal den hauseigenen Espresso-Roast »Leitwolf«.

CAFÉ WOLFGANG

7. Bezirk | **dieparfuemerie.net/wolfgang** | **Mo–Fr 8–19, Sa 11–18 Uhr** | **Zieglergasse 38** | **Tel. 0650 2 20 03 80**

Betört
von den Brioche der Kaffeeküche

KEIN ENTKOMMEN AUS DIESER KÜCHE

Wenn Sie es besonders eilig haben, machen sie besser einen großen Bogen um die Kaffeeküche im Jonasreindl. Achten Sie nicht auf den Duft, der von drinnen kommt! Für das reizende kleine Lokal in der Passage unter der Hauptuniversität sollten Sie Zeit einplanen – selbst für einen Coffee to go. Denn meist stehen die Kaffeebegierigen davor Schlange. Aber das Warten lohnt sich. Versuchen Sie die INSIDER TIPP Brioche – am besten frühmorgens, wenn sie frisch aus dem Ofen kommen.

➔ KAFFEEKÜCHE

1. Bezirk | kaffeekueche.at | Mo–Fr 7–20 Uhr | Schottentorpassage 8

GRÖNLÄNDISCHES KAFFEEKRÄNZCHEN

Kennen Sie den Ausdruck Kaffemik? Nein? So nennt man in Grönland eine Einladung zur Kaffeerunde. Und es ist der Name einer kleinen, aber feinen Kaffeebar im Siebten, die mit einem reichhaltigen Angebot von außergewöhnlichen Bohnensorten unabhängiger Röster besticht. Und auch für ein schnelles Frühstück eignet sich das Kaffemik. Die Croissants sind *nizhóní,* soll heißen: super!

➔ KAFFEMIK

7. Bezirk | kaffemik.at | Mo–Fr 8–18, Sa/So 10–18 Uhr | Zollergasse 5 | Tel. 0650 5 15 15 35

Fifties alive
ist das Motto am Fluss

MITTAGS-TISCH

Arbeit lassen, Essen fassen

DER KLASSIKER AM SCHWEDENPLATZ

Dieser Mittagstisch unweit vom Schwedenplatz hat einen gewichtigen Nachteil: seine Bekanntheit. Ohne Reservierung geht im Motto am Fluss wenig. Wenn Sie aber einen Platz ergattert haben, kann nichts mehr schiefgehen. Hier werden nur hochwertige biologische Zutaten verwendet. Besonders lecker: INSIDER TIPP das selbst gebackene Brot. Die Atmosphäre ist stylish, aber unaufdringlich. Zum Mittagessen ist es dort auch deutlich günstiger als am Abend, wenn sich hier bevorzugt Geschäftsleute treffen.

➔ MOTTO AM FLUSS

€€€ | 1. Bezirk | mottoamfluss.at | tgl. 11.30–14.30, 18–2 Uhr | Schwedenplatz 2 | Tel. 01 2525510

FRÜHSTÜCKEN ZUM MITTAGESSEN

Wecker nicht gehört, Frühstück übersprungen und nun hängt der Magen schon um zwölf auf halb acht? Im Marks wird die bunte Frühstückspalette den ganzen Tag über serviert. Und das INSIDER TIPP Deli-Frühstück mit Spiegeleiern, Hummus und Grillgemüse ersetzt glatt eine Mittagsmahlzeit. Ansonsten lädt das Baukastensystem aus Vor-, Haupt- und Nachspeise ein, sich das eigene Mittagsmenü preiswert zu kreieren. Selbst Fleischliebhaber werden hier übrigens verleitet, die vegetarischen Gerichte aus biologischen Zutaten zu kosten, und lehnen sich anschließend zufrieden in ihren Sesseln zurück. Falls es für Sie doch ein Schnitzel sein soll, schmeckt auch dieses großartig.

➔ MARKS

7. Bezirk | restaurant-marks.at | Di–Sa 10–24, So 9.30–23.30 Uhr | Neustiftgasse 82 | Tel. 01 5223290

ESSEN ZUM WOHLFÜHLEN

Am liebsten würden Sie Ihre Mittagspause in den eigenen vier Wänden verbringen, es fehlt Ihnen aber die Zeit dafür? Dann auf ins Ditta, wo Sie in Wohnzimmeratmosphäre mit günstigen und ausgewogenen Tagesgerichten verwöhnt werden. Gekocht wird täglich frisch mit Produkten aus der Region. Wer es besonders eilig hat, gibt seine Bestellung vorab via Telefon ab und profitiert von der Take-away-Option. So perfekt kann die Mittagspause sein!

➔ DITTA

8. Bezirk | ditta.at | Mo–Fr 8.30–15.30 Uhr | Lerchenfelder Str. 94–98 | Tel. 0650 3010795

KARMA GEHT DURCH DEN MAGEN

Sommer auch im Winter erwartet Sie im liebevoll gestalteten Karmafood. Nicht nur dank sonniger Farbtöne, Urban Jungle und scharfer Currys wird Ihnen hier warm ums Herz. Ein Lächeln des freundlichen Personals gibt's zu jedem Gericht dazu. Beim Essen wählen Sie zwischen wechselnden Mittagsmenüs und gesunden Snacks für zwischendurch.

➔ KARMAFOOD

1. Bezirk | karmafood.at | Mo–Fr 11–15 Uhr | Laurenzberg 3 | Tel. 0676 9 14 80 12
2. Bezirk | Mo–Fr 9–17, Sa 9–15 Uhr | Ausstellungsstr. 63
7. Bezirk | Mo–Fr 10–14.30 Uhr | Neustiftgasse 43

SORGLOS SCHARF

Lassen Sie sich von dem Namen »Schönscharf« nicht abschrecken. Der Name ist zwar im schicken Innenstadtlokal des Musikers und Asien-Afficonados Hubert Mauracher durchaus Programm. Sie müssen aber nicht befürchten, sich bei den ausgefallenen Mittagsmenüs die Zunge zu verbrennen. Ausgewogene Schärfe unterstreicht die bunten Thai-Currys und die frischen Glasnudelsalate

➔ SCHÖNSCHARF

1. Bezirk | schoenscharf.at | Mo–Fr 11.30–14.30, 18–21 Uhr | Laurenzerberg 1/18 | Tel. 0660 7 09 20 13

AUSSEHEN IST NICHT ALLES

Einen Preis fürs schönste Design bekommt das Wrenkh nicht: Kühl, minimalistisch und ein wenig aus der Zeit gefallen ist die Einrichtung. Aber die Küche und die moderaten Preise machen das alles wett. Ein Schwerpunkt liegt auf vegetarisch, doch auch Fleischliebhaber kommen auf ihre Kosten: internationale Spezialitäten verfeinert mit Wiener Charme. Hervorragend zum Beispiel das Spargel-Spinat-Brennnessel-Risotto. Da gewinnt man das Ambiente richtig lieb.

➔ WRENKH

1. Bezirk | wrenkh-wien.at | Mo–Sa 11–23 Uhr | Bauernmarkt 10 | Tel. 01 5 33 15 26

TUE GUTES UND LASS ES DIR SCHMECKEN

Wo einstTausende Brote pro Tag gebacken wurden, können Sie sich heute um kleines Geld fein satt essen und nebenbei noch Ihr Gewissen beruhigen. Denn betrieben wird das schicke Lokal im Industrial-Style von der Caritas, die in diesem Social Business u. a. Langzeitarbeitslosen und Flüchtlingen eine neue Chance gibt. Von den beiden Mittagsmenüs ist immer eins vegetarisch, Ihre Wahl: zum Beispiel Süßkartoffelcurry mit Reis oder Putenschnitzel mit Kartoffelsalat? Besonders cool: INSIDER TIPP Die Tagessuppe gibt's für nur 2 Euro.

➔ MAGDAS KANTINE IN DER BROTFABRIK

10. Bezirk | brotfabrik.wien | Mo–Fr 8–16 Uhr | Absberggasse 27 | Tel. 01 4 02 46 72

Aromen-glück
Schönscharf

NAMASTE NEPAL

Um es kurz zu machen: Das Interieur des Yak und Yeti gehört nicht zu den schönsten Wiens. Das nepalesische Restaurant hat andere Qualitäten. Und im Sommer empfiehlt sich der grüne Innenhof. Da darf dann auch das Auge mitessen … Nepalesische Küche, sagt Ihnen rein gar nix? Denken Sie an indisches Essen und lassen Sie sich überraschen von den Variationen: zum Beispiel verpackt in Momos, gedämpfte Teigtaschen. INSIDER TIPP Montags und donnerstags ist übrigens Momo-Tag. Dann dürfen Sie um 16 Euro so viele von den kleinen Dingern verdrücken, wie Sie können.

➔ YAK UND YETI

6. Bezirk | yakundyeti.at | Mo–Fr 11.30–14.30, 18–22.30, Sa 11.30–16, 18–22.30 Uhr | Hofmühlgasse 21 | Tel. 01 5 95 54 52

FAST FOOD DE LUXE

Doppelt hält besser: Gleich zweimal gibt's das börsenschonende und zugleich hippe Mittagslokal – in dem Sie garantiert satt werden. Die Burritos: *fantástico!* Damit das Warten nicht so schwer fällt, können Sie bei der Zubereitung zusehen. Egal ob Hühnchen, Rindfleisch, gegrilltes Gemüse oder – besondere Empfehlung – superlangsam geschmortes Schweinefleisch: Wenn Sie am Ende eine prall gefüllte Teigtasche in der Hand halten, werden Sie die Entscheidung nicht bereuen.

➔ MAX & BENITO

1. Bezirk | maxbenito.at | Mo–Fr 11.30–21 Uhr | Wipplingerstr. 23 | Tel. 0660 3 72 22 18
7. Bezirk | Mo–Sa 11–21.30 Uhr | Mariahilfer Str. 4

FUTTER FASSEN

Schnell muss nicht lieblos bedeuten. Die Inspiration fürs Haferpoint kommt aus London: Burger, Wraps und Salate mit exotischen Zutaten und vegetarischen Varianten. Ab und zu darf es aber auch etwas anderes sein. Die wechselnden Mittagsmenüs kommen recht einfallsreich daher, da landen schon mal Sellerie-Trüffel-Erdäpfel und Rotwein-Rindsragout zusammen auf dem Teller. Tierisch lecker!

➔ HAFERPOINT

4. Bezirk | **haferpoint.com** | **Mo/Di 11–16, Mi–Fr 11–22 Uhr, Fei geschl.** | **Gußhausstr. 12** | **Tel. 01 9 20 44 54**

LEICHT INDISCH

Durch dieses Restaurant weht ein frischer Wind! Statt zwischen buntem Ethnokitsch speisen Sie in modernem Ambiente. Serviert wird eine leichte, zeitgenössische Küche, die für jeden Geschmack das Richtige bietet. Besonders die Currys sind empfehlenswert. Auch im ruhigen Gastgarten sitzt es sich sehr nett.

➔ NAM NAM

6. Bezirk | **nam-nam.at** | **tgl. 11–14.30, 18–23 Uhr** | **Webgasse 3** | **Tel. 01 5 95 61 27**

BANGKOK LIEGT UMS ECK

Der Geruch, die Farben, der Geschmack … Sie müssen keinen Langzeitflug buchen, um sich wie in Thailand zu fühlen. Das stylishe Junn holt mit seiner fernöstlichen Vintage-Einrichtung den Geist asiatischer Straßenküchen häppchenweise in die Wiener Innenstadt. Ideal für ein schnelles Mittagessen, aber auch um länger zu verweilen. Es ist nicht ganz billig, aber dafür sind die gut gewürzten Portionen mehr als großzügig.

➔ JUNN BAR & KITCHEN

1. Bezirk | **junn.at** | **Mo–Do 11.30–23, Fr 11.30–1, Sa 17.30–1, So/Fei 17.30–23 Uhr** | **Seilerstätte 14** | **Tel. 01 5 12 91 49**

Frisch faschiert
das schmeckt man – im Haferpoint

KOFFEIN-SHOT

Ohne meinen Kaffee mach' ich nix mehr

PFIFF MIT PISTAZIE

Natürlich können Sie im Café Zuckergoscherl auch einen normalen Cappuccino trinken. Der schmeckt auch ganz ordentlich. Aber ganz unter uns Wienern: Deswegen geht man nicht in das urige Kaffeehaus. Ebenso klassisch wienerisch wie die Einrichtung mit viel braunem Leder sind hier die Kaffeevariationen. Versuchen Sie den Wildpistazienkaffee mit Mandelmilch – die Spezialität des Hauses. Klingt abenteuerlich. Aber es ist genau das, was am Nachmittag Ihre Lebensgeister wieder weckt.

➔ **ZUCKERGOSCHERL**

3. Bezirk | cafe-zuckergoscherl.at | Mo–Fr 8–23, Sa 9–23, So 9.30–20 Uhr | Landstraßer Hauptstr. 41–43 | Tel. 01 3430147

DORNRÖSCHEN ERWACHT

Lust auf eine schnelle Zeitreise in die Fünfzigerjahre? Dann machen Sie einen Abstecher in das Espresso im Siebten. Das Kaffeehaus lag jahrzehntelang im Dornröschenschlaf, ehe es vor einiger Zeit originalgetreu restauriert wurde – inklusive der alten Espressomaschine. Wenn Sie möchten, können Sie im Espresso auch leckeren Kuchen essen. Und sollte es später werden: Sitzen bleiben! Am Abend verwandelt sich dieses Retro-Café in einen entspannten Szenetreffpunkt. Im Sommer gern auch draußen, auf der Burggasse.

➔ **ESPRESSO**

7. Bezirk | espresso-wien.at | Mo–Mi 7.30–1, Do/Fr 7.30–2, Sa 10–2, So 10–1 Uhr | Burggasse 57 | Tel. 01 5221 0570

KAFFEE. MEHR NICHT

Es ist das Kaffeehaus der Generation Co-Working-Space: klein, effizient, kein Schnickschnack. Im Kaffeemodul gibt es nichts – außer Direct-Trade-Kaffee. Der überzeugt, mehr gibt es dazu nicht zu sagen, denn: Zeit ist knapp, wenn Sie gerade an Ihrer nächsten Start-up-Idee feilen.

➔ KAFFEEMODUL

8. Bezirk | kaffeemodul.at | Mo–Fr 7.30–17.30, Sa 10–14 Uhr | Josefstädter Str. 35 | Tel. 0680 2 22 80 39

WIENER GRANT UND CHARME

Die Launigkeit der Ober im Café Bräunerhof ist legendär. Vielleicht war es kein Zufall, dass der grantigste Literat Österreichs, Thomas Bernhard, das etwas aus der Zeit gefallene, ruhige und selten überlaufene Kaffeehaus in der Innenstadt einst zu seinem zweiten Wohnzimmer gemacht hat. Die forsche Bedienung hat freilich ihren augenzwinkernden Charme. Seien Sie unbesorgt: Hunde, die bellen, beißen nicht – und brauen einen ausgezeichneten Kaffee.

➔ CAFÉ BRÄUNERHOF

1. Bezirk | braeunerhof.at | Mo–Fr 8–20, Sa 8–18, So 10–20 Uhr | Stallburggasse 2 | Tel. 01 5 12 38 93

SO FEIN KANN FILTER SEIN

Ganz ehrlich: Würden Sie in einem Kaffeehaus Filterkaffee bestellen? Nein? Wenn er aber weltklasse schmeckt? Der wienerische Name täuscht: Das Jonas Reindl in der Hipster-Hochburg Neubau unweit der Hauptuni ist ein Café, wie man es sonst nur in New York findet – wo die hierzulande längst geschmähte Form der Kaffeezubereitung zelebriert wird. Mit frisch gemahlenem Pulver und einem besonderen Filteraufsatz. Für Filter-Skeptiker gibt es auch Espresso.

➔ JONAS REINDL

7. Bezirk | jonasreindl.at | Mo–Fr 7.30–20, Sa 9.30–20, So 10.30–18 Uhr | Westbahnstr. 13 | kein Tel.
9. Bezirk | Mo–Fr 7.30–22, Sa 9.30–22, So 10.30–18 Uhr | Währinger Str. 2–4 | kein Tel.

SPIRIT OF TEL AVIV

Dass das Florentin wie das Vorgänger-Lokal Café Berg ein Treffpunkt der Wiener LBGT-Community ist, fällt erst auf den zweiten Blick auf. Hier dominiert Unaufgeregtheit. Das Florentin will den Spirit der weltoffenen Metropole Tel Aviv nach Wien bringen und hat neben Hummus & seinen sensationellen Kaffee mit im Gepäck. Gut zum Sinnieren!

➔ FLORENTIN

7. Bezirk | florentin1090.com | tgl. 8–23 Uhr | Siebensterngasse 58 | Tel. 0676 5 13 34 10
9. Bezirk | tgl. 8–23 Uhr | Berggasse 8 | Tel. 0676 7 35 56 25

Charmant Granteln

ist olympische Disziplin im Café Bräunerhof

AFTER-WORK-FUTTER

Selber kochen? Bin doch nicht blöd

DAS GEWISSE ETWAS

Ob einsam oder zweisam: Wenn sich am Abend eine Hungerattacke mit der Lust auf etwas Besonderes paart, sollten Sie das das Fuchs und Trauben in die nähere Auswahl ziehen. In dem kuscheligen Lokal lässt sich der Abend gut mit einem Dinner ausklingen. Ganz gleich, ob Ihnen der Sinn bloß nach einem Burger mit gewissem Extra (zum Beispiel Ananas-Ketchup) steht oder nach Ausgefallenerem wie glaciertem Bauchfleisch mit Ingwer und Jungzwiebeln.

➔ DER FUCHS UND DIE TRAUBEN

7. Bezirk | **derfuchsunddietrauben.com** | **Mo–Mi 17–24, Do–Sa bis 1 Uhr** | **Kandlgasse 16** | **Tel. 01 231 39 17**

WÜRSTEL, KUNST UND GARTENZWERGE

Sie suchen ein schräges Restaurant als Steilvorlage für einen außergewöhnlichen Abend? Oder: Der Hunger ist groß, die Lust auf etwas Verrücktes ebenso, bloß das Budget überschaubar? Die deftigen böhmischen Speisen Am Nordpol 3 werden zwischen, naja, irgendwie kurioser Kunst und Gartenzwergen serviert. Unbedingt probieren: die INSIDER TIPP hausgemachten Pusztawürstel und Käsekrainer. Auch die Süßspeisen nicht vergessen! Zum Beispiel: Liwanzen mit Powidl und Sauerrahm.

➔ AM NORDPOL 3

2. Bezirk | **amnordpol3.at** | **Mo–Fr 17–24, Sa/So 12–24 Uhr** | **Nordpolstr. 3** | **Tel. 01 333 58 54**

BESSER, ALS DIE POLIZEI ERLAUBT

Der Rote Bär galt lange als Kiberer-Kneipe, wo die Polizisten von nebenan auf ein Bier oder zwei gehen. Doch diese Zeiten sind vorbei. Längst schätzen auch Zivilisten das vorzügliche Essen zu höchst korrekten Preisen. Von den süffigen polnischen und tschechischen Bieren ganz zu schweigen. Einziger Nachteil: Ohne Reservierung sieht es zuweilen schlecht aus.

➔ ZUM ROTEN BÄREN

9. Bezirk | **facebook: redredmedved** | **tgl. 18–24 Uhr** | **Berggasse 39** | **Tel. 01 317 61 50**

DURCH DIE KEHLE GESCHLÜPFT

Haben Sie schon mal etwas von Schlipfkrapfen gehört? Spätestens wenn Sie die köstlichen gefüllten Teigtaschen gekostet haben, werden Sie diese Osttiroler Spezialität nicht mehr vergessen. Vielmehr immer wieder danach verlangen. Ob süß oder pikant – die veganen Nudeln können vor Ort verspeist oder praktisch mit nach Hause genommen werden. Perfekt, wenn Sie nach einem langen Arbeitstag noch Lust auf ein neues Geschmackserlebnis haben, aber nicht selber in der Küche stehen wollen.

➔ SCHLIPF & CO

8. Bezirk | schlipfco.at | Mo–Fr 11.30–18 Uhr | Lerchenfelder Str. 112 | Tel. 0664 4 40 49 30

KUNST UND KÜCHE

Familie Mraz hat ein Händchen für Kunst und Kreatives. An den Wänden hängen Bilder von Sohn Manuel, der ruhige Speisegarten im Innenhof wurde idyllisch angelegt, der Aperitifwagen ist ein Blickfang. Kunstvoll ist auch das Essen: Die wechselnden Kreationen tragen Namen wie »Briesanter Hummer Kummer« oder »Der Mann mit dem Kok(o)s ist da«. Die inspirierte Küche wurde vom Gault-Millau mit drei Hauben ausgezeichnet. Das hat freilich seinen Preis.

➔ MRAZ & SOHN

€€€ | 20. Bezirk | mraz-sohn.at | Mo–Fr 19–24 Uhr | Wallensteinstr. 59 | Tel. 01 3 30 45 94

EINE PIZZA FÜR EIN HALLELUJA

Lassen Sie sich vom Bud-Spencer-Spleen der Betreiber nicht beirren. In diesem kreativen neuen Lokal werden keine Faustwatschen verteilt, nur Pizzas und Burger. Die schmecken allerdings so, dass Ihnen Hören und Sehen vergeht. Zum Beispiel die Pizza nach Art des Hauses – »Bud«, wie sollte sie sonst heißen? – mit Salsiccia, Pancetta und gekochten Cime di Rapa. Hier essen Sie zu Abend wie in Neapel, nur ohne Mafia.

➔ PIZZA RANDALE

5. Bezirk | facebook: Pizza Randale | Mo–Do 17–1, Fr/Sa 17–2, So 13–22.30 Uhr | Kettenbrückengasse 1 | Tel. 0650 8 55 07 72

Schön schräg
Kultadresse Am Nordpol 3

Kurztrip nach Italia

Immer eine Reise wert: das La Mia

VON WIEN BIS TRIEST

Ein Gasthaus zum Wohlfühlen, atmosphärisch unschlagbar. Wählen Sie zwischen Hausmannskost und mediterraner Küche, hier paart sich Althergebrachtes und Elegantes. Ob Wildschweingulasch oder Lachsravioli: alles fein und ausgewogen. Dazu bietet Enrico Panigl eine Auswahl von 150 Weinen. Und im Sommer lockt der Schanigarten.

➔ ENRICO PANIGL

8. Bezirk | **panigl.at** | **Mo–Sa 18–1 Uhr** | **Josefstädterstr. 91** | **Tel. 01 406 52 18**

DIE EIERLEGENDE WOLLMILCHSAU

Es ist Sommer, Sie haben einen stressigen Tag hinter sich und möchten in der Innenstadt richtig fein was essen gehen, aber nicht zu teuer und möglichst im Grünen? Sonst noch was? Vielleicht noch ein Smoker? Okay, es gibt eine Lösung – den Volksgarten Pavillon, der eine super Barbecue-Auswahl von leicht bis deftig zu höchst annehmbaren Preisen hat. Über Ihnen zwitschern Vögel, vielleicht legt heute noch ein DJ auf. Jetzt aber wirklich: entspannen.

➔ VOLKSGARTEN PAVILLON

1. Bezirk | **volksgarten-pavillon.at** | **April–Sept. tgl. 11–2 Uhr (wetterabhängig)** | **Volksgarten** | **Tel. 01 532 09 07**

SCHARF ODER SEHR SCHARF

Eine Hommage an die indische Küche erleben Sie in diesem Familienbetrieb im 9. Bezirk. Nicht nur auf die Qualität der Zutaten wird viel Wert gelegt, sondern die Besitzer servieren ausschließlich Gerichte, von denen sie selbst zur Gänze überzeugt sind. So zum Beispiel das köstliche *murgh makhani* mit Knoblauch-Naan, ein sagenhaft saftiges Butter Chicken. Der Name des Lokals steht übrigens für das indische Basilienkraut. Es ist ein Symbol für Zeitlosigkeit, Spiritualität und Kostbarkeit – Werte, die hier gelebt werden und nach einem stressigen Tag wie Balsam für die Seele sind. In der wärmeren Jahreszeit unbedingt im INSIDER TIPP ruhigen Gastgarten Platz nehmen.

TULSI

9. Bezirk | tulsirestaurant.at | tgl. 11.30–14.30, 18–23 Uhr | Fluchtgasse 1 | Tel. 01 3 10 17 77

JAPAN WESTENTASCHEN-STYLE

Lust auf etwas Japanisches, authentisch und familiär, aus der Innenstadt bequem zu Fuß erreichbar, aber bloß kein billiges Sushi? Hiroko und Yoshihiro Numatas Minilokal ist trotz hymnischer Kritikern immer noch ein kleiner Geheimtipp. Im Notfall, wenn es überlaufen sein sollte, können Sie die INSIDER TIPP Speisen auch mitnehmen.

SHOKUDO KUISHIMBO

6. Bezirk | facebook: Kuishimbo | Di–Sa 17–22 Uhr | Esterházygasse 12 | Tel. 0676 5 53 07 27

ALLES HAT EIN ENDE, AUCH IHR JOB

Ach, der Job: Erstens ist jetzt Feierabend und zweitens hat alles irgendwie ein Ablaufdatum. Um Sie auf andere Gedanken zu bringen: Was wäre mit einem kulinarischen Ausflug ans Mittelmeer – wenn es beinahe ums Eck wäre? Eigentlich ist das Ablaufdatum im Neunzehnten ja eine Weinbar, aber man kriegt dort exzellente mediterrane Kost und fühlt sich im Innenhof wie in Italien. Bestellen Sie erstmal einen Aperol-Spritzer. Und nein, wir reden jetzt nicht über Ihren Job …

ABLAUFDATUM

19. Bezirk | ablaufdatum.at | Mo–Sa 17–24 Uhr | Sieveringer Str. 118 | Tel. 0699 11 03 82 96

MOLTO BENE!

Italiener für ein gediegenes Abendessen gibt's wie Sand am Meer. Auch solche im extravaganten Dolce-vita-Design mit Bildern der Heroen des Italokinos an den Wänden. Ein so schickes Ensemble wie im La Mia ist aber selten. Definitiv außergewöhnlich ist aber das Essen: die Holzofenpizza zum Niederknien, die Meeresfrüchte wie frisch aus der Adria gezogen – zu moderaten Preisen!

LA MIA

7. Bezirk | lamia.at | Mo–Do 11.30–14.30, 18–22.30, Fr–So 11.30–22.30 Uhr | Lerchenfelder Str. 13 | Tel. 01 5 22 42 21

Nimm das, du lahmer Wochenstart!

KINO PERPLEXX

Sie versäumen wenig, wenn Sie den Wochenbeginn im Kino ausklingen lassen. Schnappen Sie sich vor einer U-Bahn-Station eine Ausgabe der Gratispostille »Heute«, blättern bis nach hinten zum Kinoprogramm, wo Sie einen QR-Code für einen Gutschein finden. Etwas umständlich? Damit kostet die Montagsvorstellung nur 5,50 Euro.

➔ KINO-MONTAG IM CINEPLEXX

1., 3., 6., 10., 14., 22. Bezirk | **cineplexx.at**

JAZZ UND MEHR IM VOLKSGARTEN

Zumindest in der warmen Jahreszeit gehört es zu den raren, montäglichen Fixpunkten in Wien: das Fruity Hop im Volksgarten. Seit mittlerweile sieben Jahren wird der Park rund um den kleinen Pavillon wöchentlich von DJs und Musikern beschallt. Decke schnappen, Drinks, ein paar Freunde mitnehmen und einen guten Platz im Park suchen. Oder Sie setzen sich in den Gastgarten vor dem Volksgarten-Pavillon. So oder so: Der Eintritt ist frei.

➔ FRUITY HOP

1. Bezirk | **ighop.at | Mai–Sept. Mo ab 20 Uhr | Volksgarten-Pavillon**

WIE HIESS DAS NOCH?

Do you speak English? Geht so, könnte besser sein? Wenn Ihr Englisch ein wenig Auffrischung vertragen könnte (aber natürlich nicht nur dann), planen Sie an dem einen oder anderen Montagabend einen Besuch im Schauspielhaus ein – bei den English Mondays. Um 12 Euro wird ein Potpourri angelsächischer Kunst geboten: Das bunte Angebot reicht von Kurzfilmen, Konzert-Liveübertragungen über Theaterstücke bis hin zu Lesungen.

➔ ENGLISH MONDAYS

9. Bezirk | **schauspielhaus.at | in regelmäßigen Abständen Mo ab 20 Uhr, Termine s. Website | Porzellangasse 19**

MAN IST NUR EINMAL JUNG?

Jetzt im Ernst: Wann waren Sie das letzte Mal erstens mit richtig jungen Leuten unterwegs, die zweitens von ganz woanders herkamen? Na eben! Geben Sie sich einen Ruck und ab in den Neunten. Dort steigt jeden Montag im Ride Club die ultimative Erasmusparty mit Studis aus aller Welt. Auch für Einheimische und Erwachsene. Bloß keine Hemmungen. Der Eintritt frei und die Drinks spottbillig. Gemma!

➔ ERASMUS PARTY NIGHT IM RIDE CLUB

9. Bezirk | **rideclub.at | Mo ab 21 Uhr | Stadtbahnbogen 175 und 178**

BILLARD UND BILLIGE DRINKS

Im Downstairs lässt sich vieles machen – zum Beispiel Billard spielen. Die gemütliche und unkomplizierte Bar an der Fillgraderstiege (daher der Name »Downstairs«) hat große, schöne Tische in wunderbarer Atmosphäre. So richtig perfekt wird der Montagabend mit Freunden aber durch die Happy Days. Denn nur bei den Cocktails und nicht bei den Preisen müssen Sie schlucken: Montags und mittwochs sind Sie mit 5,10 Euro dabei.

➔ BILLARDCAFÉ UND BAR DOWNSTAIRS

6. Bezirk | **downstairs.at | So–Do 16–2, Fr/Sa 16–4 Uhr | Theobaldgasse 15 | Tel. 01 581 28 08**

FEIERABEND-BIER

... das ham' wir uns verdient

DER APFELSTRUDEL KANN NICHTS DAFÜR

Das traditionsreiche Café gibt es bereits seit 1904, heute besticht es durch entspannten Sechzigerjahre-Charme und den süßen Schanigarten. Sie können dort den ganzen Tag frühstücken, den warmen Apfelstrudel lobten sogar die Leute vom Time Magazine. So weit, so gut. So richtig interessant aber wird es am Abend, wenn sich das Lokal füllt und die Diskussionen anregender werden. Vorsicht: Sobald die Sonne untergeht, verliert man hier leicht das Zeitgefühl.

➔ CAFÉ KORB

1. Bezirk | cafekorb.at | Mo–Sa 8–24, So 10–23 Uhr | Brandstätte 9 | Tel. 01 5 33 72 15

LAUT UND LUSTIG

Sie wollen in aller Stille ein alkoholfreies Bier trinken, keinen Wirbel und aufgekratzten Kellner – und auf gar keinen Fall Leute am Nebentisch, die eine nach der anderen rauchen, sich langsam, aber sicher einen anzwitschern und sehr viel, vor allem aber sehr lauten Spaß haben? Dann machen Sie einen großen Bogen um das Café Glaser. Wenn Sie mit Freunden Spaß haben wollen und gerne auch mal neue Leute kennen lernen möchten, legen Sie hier allerdings eine Punktlandung hin.

➔ CAFÉ GLASER

9. Bezirk | facebook: Café Glaser | Mo–Fr 9–2, Sa 18–2 Uhr | Währinger Str. 2–4 | Tel. 01 3 19 67 72

AUS SCHMUDDELIG WIRD HIP

Einst galt das Café Else als leicht runtergekommenes Anbahnungslokal. Doch diese Zeiten sind längst vorbei. Der aktuelle Besitzer hat den Imagewechsel geschafft hin zum hippen Treffpunkt für das Wiener Partyvolk. Sonntags genießen Sie in dem kunstaffinen Café übrigens bis 18 Uhr ein entspanntes Katerfrühstück.

➔ CAFÉ ELSE

2. Bezirk | cafeelse.at | Mo–Sa 17–1, So 10–1 Uhr | Heinestr. 36 | Tel. 01 9 58 48 14

Mondän chillen ist machbar in der Loos-Bar

BACK TO THE FIFTIES

Wenn Sie auf die Fünfzigerjahre abfahren, dann sind Sie im Frame genau richtig. In gemütlicher und unprätentiöser Atmosphäre, mit wechselnden Kunstwerken an den Wänden und sporadischen Livekonzerten können Sie hier das After-Work-Bier genießen. Und wenn Sie sich für Musik interessieren: INSIDER TIPP Viele Jazzleute, die nebenan im Shelter spielen, machen hier einen Einkehrschwung.

➔ CAFÉ FRAME

20. Bezirk | Mo–Sa 15–1, So 18–1 Uhr | Jägerstr. 28 | Tel. 0699 11667945

BERÜHMTE BARFLIEGEN

Preisfrage: Über welche verspiegelte Bar in Wien wurde eine eigene Biografie geschrieben? Richtig: die Loos-Bar, in der neben Stammgast Falco schon Mick Jagger, Quentin Tarantino und Harald Juhnke, nun ja: abgesoffen sind. Sie waren und sind nicht die Einzigen: Seit Jahrzehnten zieht die American Bar unweit der Kärntner Straße Künstler und Kreative, Lokalmatadore und Reisende, Nachteulen und Novizen magisch an. Perfekt, um stilvoll an der Theke abzuhängen. Und wenn es dabei später wird, als vielleicht geplant, nutzen Sie die Gunst der Stunde und probieren in der INSIDER TIPP Champagner Hour zwischen 2 und 3 Uhr ein paar edle Tropfen.

➔ LOOS-BAR

1. Bezirk | loosbar.at | tgl. 12–4 Uhr | Kärntner Durchgang 10 | Tel. 01 5123283

MUSIK, ABER RICHTIG

Der Wiener Beisl-Charme zeigt sich hier von seiner schönsten Seite. Und vor allem wenn Sie Musik mögen, werden Sie das Malipop mit seiner endlosen Auswahl an Langspielplatten lieben: von Lou Reed bis hin zu David Guetta. Das Besondere: Jedes einzelne Album wird vom Anfang bis zum Ende durchgespielt und **INSIDER TIPP** die Chefin Frau Margit erzählt Ihnen auf Wunsch zu jeder Platte eine ganz besondere Geschichte. Für den Fall, dass Sie nach einem zähen Tag gerne mal auf andere Gedanken kommen möchten.

➔ MALIPOP

3. Bezirk | Di–Sa 19.30–2 Uhr | Ungargasse 10 | Tel. 01 7 13 34 41

WOHNZIMMER FÜR MUSIK-JUNKIES

Wenn sich eine Bar als »Wohnzimmer im Neunten« bezeichnet, darf man davon ausgehen, dass es gemütlich zugeht. Die Atmosphäre im Clash ist tatsächlich entspannt, die Preise sind moderat, das Essen wienerisch, die Musik unaufdringlich, aber ausgewählt. Außer es spielt mal wer live. Das kostet dann aber nichts extra und ist eine **INSIDER TIPP** super Gelegenheit, neue Bands kennen zu lernen.

➔ CLASH

9. Bezirk | clash.at | tgl. 18–1.30 Uhr | Fluchtgasse 9 | Tel. 01 9 22 48 30

Margit legt auf

Bierchenstop im Malipop

DEN ALLTAG VERZAUBERN

Der Hauch des Kosmopolitischen ist geblieben. The Bank war einst tatsächlich eine Bank, ehe das mondäne Park Hyatt Restaurant dort für eine Weile einzog. Nun ist es ein immer noch sehr schickes, aber weniger elitäres Brasserie-Bar-Ensemble. Serviert werden Moules Frites und exklusive Cocktails. Ein Tipp für alle, die sich unter der Woche mal etwas Besonderes gönnen möchten. Sie können aber auch einfach nur mit Freunden an der Bar ein Bier trinken. Auf alle Fälle sollten Sie durch die kreative Barkarte im Sparbuchformat blättern.

➔ THE BANK BRASSERIE & BAR

1. Bezirk | **restaurant-thebank.at** | **So–Mi 6.30–1, Do–Sa 6.30–2 Uhr** | **Bognergasse 4** | **Tel. 01 227401236**

ROTLICHTFLAIR, JUGENDFREI

Um es vorweg zu nehmen: Ja, das Puff war früher ein Bordell. Dass das auch heute noch nicht zu übersehen ist, gehört zum Konzept der stylishen Cocktailbar mit den vielen kleinen Nischen und den schwarzen Lederbänken. Aber sonst geht es durchwegs adrett bis verspielt zu. Witzig sind die Lichtblumen aus alten PET-Flaschen, die leuchtenden Barhocker an der Decke und die imposanten Cocktailmaschinen, die über Infusionsschläuche befüllt werden.

➔ PUFF – DIE BAR

6. Bezirk | **puff-bar. at** | **Di–Sa 19–3 Uhr** | **Girardigasse 10** | **Tel. 01 5810931**

SO WIE DER KANZLER? GENAU!

Kreisky hieß mal ein Bundeskanzler, da waren Sie vielleicht noch gar nicht auf der Welt. Eine Band mit diesem Namen gibt es auch. Und ein Lokal mit eigenwilliger Inneneinrichtung (schwer zu beschreiben, sehen Sie doch selbst), in dem es sich am Abend ganz wunderbar mit Freunden chillen lässt. Wenn Sie möchten, können Sie dort auch eine Kleinigkeit essen. So richtig los geht's hier übrigens nach Mitternacht.

➔ KREISKY

7. Bezirk | **facebook: Das Kreisky** | **tgl. 18–4 Uhr** | **Siebensterngasse 5** | **Tel. 01 5221438**

EIN FENSTERPLATZ ZUM ABSCHALTEN

Man kann im Schikaneder auch ins Kino gehen, muss man aber nicht. Daneben die liebevoll abgefuckte Bar, in der selbst unter der Woche feine Musik gespielt wird (manchmal legt auch ein DJ auf). Sie können auch gerne ein wenig tanzen, wenn Ihnen nach der Arbeit nach Ablenkung zumute ist. Oder Sie ergattern mit etwas Glück einen Platz auf der Couch in der begehrten Fensternische mit Blick auf das bunte Treiben auf der Margaretenstraße.

➔ SCHIKANEDER

4. Bezirk | **schikaneder.at** | **tgl. ab 16 Uhr oder 30 Min. vor dem 1. Film** | **Margaretenstr. 24** | **Tel. 01 5852867**

DO YOU SPEAK WEANERISCH?

Sie müssen nicht englisch sprechen, wenn Sie vor dem Heimgehen auf ein schnelles Bier in Johnny's Pub einkehren. Die Umgangssprache Englisch gehört halt zum guten Ton, ebenso wie die originalgetreue Pub-Einrichtung und die klobigen Bänke. Die Kellner nehmen die Bestellung auch auf Deutsch entgegen und sogar auf Wienerisch. Wenn ringsum alles voll hat, obwohl es erst Mitte der Woche ist, dann finden Sie hier schnell einen gemütlichen Platz an der Theke.

➔ JOHNNY'S PUB

4. Bezirk | **johnnys-pub.at** | **tgl. 17–4 Uhr** | **Schleifmühlgasse 11** | **Tel. 01 5871921**

Couch am Abend? Langweilig!

Runter vom Sofa – rein in die Stadt!

SPORT IN LUFTIGER HÖHE

Es gibt keine falsche Jahreszeit – nur die falsche Einstellung. Beweis? Beim Engelmann über den Dächern Wiens dürfen Sie sich zu jeder Jahreszeit auspowern. Im Winter lockt die Kunsteisbahn mit Eisdisko. Und sobald es draußen wieder grünt, wird gekickt, was das Zeug hält. Nur Vorsicht: Wer sich zu lange vom Panoramablick ablenken lässt, riskiert ein Tor.

➔ SPORTANLAGE ENGELMANN

17. Bezirk | engelmann.co.at | Mo 9–18, Di, Do/Fr 9–21.30, Mi, Sa/So 9–19, Eisdisko Fr bis 21.30 Uhr | Syringgasse 6–14 | Tel. 0664 5 96 64 95

GEHT (FAST) ALLES

Nein, Ihren alten Drahtesel müssen Sie im Werkstätten- und Kulturhaus schon selbst reparieren. Aber keine Sorge: Es gibt eine Menge Leute dort, die Ihnen dabei helfen. Falls nichts mehr geht, suchen Sie sich beim Fahrradflohmarkt (1. Mi im Monat) ein neues aus. Sie können im WuK übrigens auch Theater spielen, ein Konzert besuchen, mit Gleichgesinnten Ideen wälzen – oder einfach nur Freunde auf ein Bier treffen.

➔ WUK

9. Bezirk | wuk.at | Mo–Fr 9–20, Sa/So 15–20 Uhr | Währinger Str. 59 | Tel. 01 40 12 10

FEIERABENDPOESIE

Die Stadt der Dichtung macht es den Nachwuchspoeten und allen, die es werden möchten, mit einem vielfältigen Einstiegsprogramm recht einfach. Dichten Sie doch! Ob Poetry Slam, Songtexte oder klassische Poesie: Eine lockere Einführung in das Thema bietet die Schule für Dichtung mit zahlreichen Abendkursen für Einsteiger. Einzige Voraussetzung: Sie sollten schon an sich arbeiten wollen.

SCHULE FÜR DICHTUNG

7. Bezirk | sfd.at | Termine laut Programm | Mariahilfer Str. 88a/3/7 | Tel. 01 5 22 35 26

BIN ICH FUCHS UND IGEL?

Die Eule ist klug. Wenn sich die meisten zu Bett legen, dreht sie erst richtig auf. Denn in der Dunkelheit ist man ungestört und kann am besten beobachten. Wenn sich alle anderen Besucher im Tiergarten Schönbrunn längst verkrümelt haben, treten Sie auf den Plan – im Rahmen einer Nachtführung im berühmtesten Zoo des Landes. Also: Machen Sie's wie die Eule und kommen Sie dem Zoo auf die dunkle Tour. Ein gespenstisch-schönes Erlebnis!

NACHTFÜHRUNG TIERGARTEN SCHÖNBRUNN

13. Bezirk | zoovienna.at | tgl., Uhrzeiten s. Website, Dauer 90 Min. | 24 Euro/ Pers. | Hietzinger Tor | Anmeldung erforderlich: Tel. 01 87 79 29 45 00

KLASSISCH ABHÄNGEN

Vor allem an Sommerabenden ist das Museumsquartier einen Abstecher wert. Sie könnten spontan eine Ausstellung besuchen. INSIDER TIPP Donnerstags haben viele der Museen bis 21 Uhr geöffnet. Lust auf eine Liveband, eine Lesung im Freien? Oder fläzen Sie sich einfach mit Freunden auf einen der bunten Enzis und genießen den Sonnenuntergang.

MQ

7. Bezirk | mqw.at | durchgängig zugänglich | Museumsplatz 1 | Tel. 01 5 23 58 81

WOCHEN-ENDE – FEIER-ALARM

GRUNDLAGE SCHAFFEN 30

ANLAUF NEHMEN 34

CLUBHOPPING 37

Mädelstour 42

Betrunken in Spelunken 44

Beats & Bässe 46

ABSACKER 49

HUNGER NACH MITTERNACHT 53

KATERFRÜHSTÜCK 55

GRUNDLAGE SCHAFFEN

Keine Party auf leeren Magen!

STATE OF THE LEBERKAS

Wie genau er zubereitet wird, wollen Sie vermutlich ohnehin nicht erfahren. Aber es ist zumindest gut zu wissen, dass der Leberkas vom Pepi nach einem 350 Jahre alten Rezept hergestellt wird – aus Fleisch mit dem AMA-Gütesiegel. Und das schmeckt man.

➔ LEBERKAS-PEPI

1. Bezirk | leberkaspepi.at | Mo–Sa 9–2 Uhr | Operngasse 12 | Tel. 01 5 85 06 42

NUR NICHT ZUR DIVA WERDEN

Berliner Döner ist die richtige Anlaufstelle für eine gute Basis im Magen – wie gemacht, um danach die Lokale im Siebten unsicher zu machen. Die Schlange vor der Imbissbude beweist: Der Ruf vom besten Döner Wiens lockt Jung und Alt. Zur Wahl stehen Dürüm, Nudelbox und klassischer Döner, alle auch vegetarisch möglich. Sie bringen mehr Zeit mit? Dann nehmen Sie doch im zugehörigen Lokal nebenan Platz.

➔ BERLINER DÖNER

7. Bezirk | So–Do 10–24, Fr/Sa 10–1 Uhr | Zieglergasse 33A | Tel. 0699 10 37 86 10

HANGOVER ADÉ!

Es ist am Vortag etwas spät geworden und Sie wollen nun das ausgedehnte Frühstück gleich mit dem Abendbrot verbinden? Kein Thema, im Klyo wird Frühstück bis 22.30 Uhr serviert. Täglich! Perfekt, um den Hangover zu bekämpfen und gleich die Energiespeicher für die bevorstehende Party wieder zu füllen. Setzen Sie sich ans Fenster oder auf die Terrasse: Mit Blick auf den Donaukanal können Sie hier nicht nur wunderbar auslüften, es kommt auch garantiert Urlaubsstimmung auf. Gegen das Kopfweh sollten Sie **INSIDER TIPP** Kurkumawasser mit Bergpfeffer versuchen. Ein wahres Wundermittel!

➔ KLYO

1. Bezirk | klyo.at | tgl. 9–1 Uhr | Uraniastr. 1 | Tel. 01 7 10 59 46

Bitte auslöffeln,
was Ihnen hier eingebrockt wurde

MIT DIM SUM DURCH DIE NACHT

Vietnamesische Straßenküche trifft Wiener Flair. Wo? Im Ivy's Pho House, zwischen Neonleuchtschrift und Lampions. Dazu schlürfen Sie am besten zunächst den Klassiker, die Suppe mit Rind oder Huhn. Als Grundlage zum Feiern empfehlen sich dann aber die Dim Sums, frittierte Minigerichte. Viele Dim Sums – wenn der Abend noch lang werden könnte.

IVY'S PHO HOUSE

7. Bezirk | facebook: Ivy's Pho House | tgl. 11.30–22 Uhr | Mariahilfer Str. 103 | Tel. 01 9 20 99 80

WAS DAS BURGERHERZ BEGEHRT

Wenn Sie die Innenstadt unsicher machen und sich vorher noch mit einem richtig guten Burger stärken möchten, sollten Sie sich auf den Weg Richtung Oper machen. Nahrungsaufnahme dann im Said the Butcher to the Cow. Dort finden Sie, was das Herz begehrt: vom klassischen Bacon Cheeseburger bis zum »Pulpo 'n' Pork Burger« mit Faschiertem und Oktopus im Chilibrot, Honig-Senf-Sauce und Antipasti-Vinaigrette. Der Schuppen ist auch geografisch ein guter Startpunkt für die Nacht. Am besten gleich an der Bar mit einem der ausgezeichneten Gin-Drinks beginnen.

SAID THE BUTCHER TO THE COW

€€€ | 1. Bezirk | butcher-cow.at | Di/Mi 17–1, Do–Sa 17–2 Uhr | Opernring 11 | Tel. 01 5 35 69 69

SCHWEINSBRATEN AUS DEM PACKERL

Für Hausmannskost zum Mitnehmen ist der Schachtelwirt im Bermudadreieck der Snack Place to be. Der Schweinsbraten mit Kruste vom Hödl, Semmelknödel und zweierlei Kraut für 8 Euro ist jetzt schon legendär. Die perfekte Unterlage für die Bartour im Ersten.

➔ SCHACHTELWIRT

1. Bezirk | schachtelwirt.at | Mo 12–15, Di–Fr 11.30–21, Sa 12–21 Uhr | Judengasse 5 | Tel. 01 532 07 07

VOR DER BARTOUR NOCH EIN RÖSTI

Im Krah Krah haben sich vielleicht schon Ihre Eltern für eine Bermudadreieck-Tour geerdet. Das ist heute wie damals eine gute Idee. Hier gibt's österreichische Klassiker in ordentlichen Portionen wie riesige Brote, das Holzhackerrösti mit Spiegelei um 7,80 Euro oder ein Cordon Bleu um 10,90 Euro. Dazu werden jede Menge österreichische und internationale Biere angeboten. Da steht der Bartour echt nichts mehr im Wege.

➔ KRAH KRAH

1. Bezirk | krah-krah.at | Mo–Sa 11–2, So 11–1 Uhr | Rabensteig 8 | Tel. 01 533 81 93

WEIL WURST NET WURSCHT IS

So mögen scharf aufs Fortgehen sein. Aber sind Sie auch scharf genug für Renes Chili-Leberkäse als Unterlage? Heißer Tipp: Beobachten Sie die Reaktionen der Leute vor Ihnen. Dann können Sie immer noch entscheiden, ob Sie den Abend auf die feurige Tour beginnen wollen – oder doch eher mit einem Käsekrainer. Der ist auch oberklasse, würstelkulinarisch gesehen. Deswegen hat der unverdächtige Falstaff den Scharfen Rene in die Riege der besten Würstelstände Wiens aufgenommen.

➔ ZUM SCHARFEN RENE

1. Bezirk | zumscharfenrene.com | Mo 11–19, Di–Do 11–4, Fr 11–5, Sa 21–5 Uhr | Schwarzenbergplatz 15 | Tel. 0699 17 99 98 88

NOBEL GEHT DER SPIESS ZUGRUNDE

Sie möchten den Abend gediegen und doch deftig angehen? Dann rauf auf den Spittelberg. Wo früher das angesagte Kussmaul residierte, wird heute Fleisch am Spieß gegrillt. Trotzdem sollten Sie das acht Wochen gereifte Simmentaler Luxusrind aus der Rotisserie nicht mit einem Döner verwechseln. Mit Erdäpfelgratin und dreierlei Gemüse dazu müssen Sie 29 Euro ablegen.

➔ DAS SPITTELBERG

€€€ | 7. Bezirk | das-spittelberg.at | Di–Sa 17–1 Uhr | Spittelberggasse 12 | Tel. 01 587 76 28

Nie wieder Wurst
außer beim Scharfen Rene

ANLAUF NEHMEN

... für die Nacht

JAZZIG IN DIE NACHT

Man kann im Reigen – gleich hinter Schönbrunn – auch ziemlich gut die ganze Nacht verbringen. Die etwas abgelegene Location ist Bar, Café und Konzertclub. Trotzdem bekommt man in dem riesigen Lokal so gut wie immer einen Platz. Die Musik ist unaufdringlich, mit einen Hang zum Jazzigen. Hier kann man reden!

➔ **REIGEN**

14. Bezirk | reigen.at | Di–Sa 18–2 Uhr | Hadikgasse 62 | Tel. 01 894 00 94

Was abgeht wissen die Kellner im Orange

KEINE ZWEITE WAHL

Name hin oder her: Zum Vorglühen ist das Zweitbester keineswegs zweite Wahl. Das kleine Juwel im spartanischen Fabrikschick liegt mitten im Vierten – also bestens geeignet als Ausgangsort für weitere Abenteuer quer durch die erweiterte Innenstadt. Und wenn Sie noch eine Unterlage brauchen: Das Essen ist bio und ganz und gar nicht spartanisch.

➔ ZWEITBESTER

4. Bezirk | zweitbester.at | Mo–Fr 11.30–2, Sa 10–2, So 10–24 Uhr | Heumühlgasse 2 | Tel. 01 9459386

ABSOLUT LIEBENSWERT

Cooler Zuwachs für den 18. Bezirk! Versteckt in einer Nebenstraße haben die zwei Tiroler Betreiber ein uriges Wiener Beisl DIY-mäßig renoviert: Holzofen, Backsteinwand, Holzvertäfelungen und weiche Sofas treffen auf Flammkuchen und eine große Bierauswahl. Perfekt für einen gemütlichen Start in den Abend. INSIDER TIPP Die heiße Ingwer-Zitronen-Limo ist der Hit. Dazu am besten den Flammkuchen mit Birne, Walnuss und Blauschimmelkäse versuchen.

➔ CAFÉ TRABANT

18. Bezirk | facebook: Cafe Trabant | Di–Do 16–24, Fr/Sa 16–1 Uhr | Dittesgasse 3 | Tel. 01 8900041

EIN BIER ODER ZWEI ZUM PLANEN

Es hat Sie in die Margaretenstraße verschlagen und Sie haben noch keine Ahnung, was Sie mit dem Abend machen sollen? Sehen Sie die Eckkneipe mit den orangenen Türen? Da gehen Sie jetzt rein und bestellen ein Bier. Dann chillen und überlegen. Vielleicht noch ein Bier, es gibt im Orange eine feine Auswahl an richtig guten. Fragen Sie nach einer Empfehlung: Die netten Kellner sagen Ihnen auch, wo heute noch die Post abgeht.

➔ DAS ORANGE

4. Bezirk | dasorange.at | Di–Fr 15–2, Sa 18–2 Uhr | Margaretenstr. 26 | Tel. 01 9524209

COOLNESSFAKTOR: HOCH

Lust auf einen Cocktail oder eine ausgefallene Spritzer-Kreation? Das Ganz Wien ist eine hippe, dreistöckige Adresse zum Einstimmen auf die Nacht. Drinnen sitzt man in superbequemen, gepolsterten Vintage-Möbeln. Draußen ganz in Weiß im umzäunten Schanigarten. Zur Feier des Wochenendes ist jeden Freitag INSIDER TIPP Prosecco-Friday: Ab 14 Uhr gibt es zwei Glas italienischen Perlwein zum Preis von einem.

➔ GANZ WIEN

7. Bezirk | facebook: Bar Ganz Wien | Mo–Do 16–24, Fr/Sa 12–2, So 16–23 Uhr | Zollergasse 15 | kein Tel.

ALLES AUSSER MAINSTREAM

Rock, Punk, Folk, Indie ... die Playlist bringt den rechten Schwung, um in die Gänge zu kommen. Ob beim Tischfußball oder beim Pub-Quiz – lernen Sie neue Leute kennen und wärmen Sie sich langsam auf für die Nacht. Die 28 verschiedenen Biersorten und die moderaten Preise tun ein Übriges, Sie wohlig einzutunen. By the way: Hier wird Englisch gesprochen.

➔ **POLKADOT**

8. Bezirk | polkadot.at | So–Do 19–2, Fr/Sa 20–4 Uhr | Albertgasse 12 | Tel. 01 40741254

HIP IM HINTERHOF

Der Klassiker zum Vorglühen mit fetziger Musik ist nicht so leicht zu finden. Von der Mariahilfer Straße aus kommen Sie über einen Hinterhof in das Elektro Gönner. Wenn es später wird, ist es in dem schnörkellos-szenigen Schuppen meist rappelvoll – aber am früheren Abend sollten Sie locker einen Sitzplatz ergattern können. Im kuscheligen Extraraum beim Eingang rechts von der Theke lässt sich der weitere Abend ungestört planen.

➔ **ELEKTRO GÖNNER**

6. Bezirk | elektrogoenner.at | Mo–Mi 19–2, Do–Sa 19–4 Uhr | Mariahilfer Str. 101/Schulhofpassage | Tel. 01 2086679

INSPIRATION FÜR QUEER-DENKERINNEN

Im Marea Alta trifft sich das lesbische Wien. Aber auch für alle anderen gilt: Kein Stress, heterosexuelle Jungs und Mädels sind hier herzlich willkommen. Der kleine Schuppen mit der verruchten Atmosphäre zwischen goldenen Spiegeln und altmodischen Wandleuchten ist ein guter Ort, um das weitere Vorgehen für den Abend zu besprechen.

➔ **MAREA ALTA**

6. Bezirk | mareaalta.bplaced.net | Mo–Do 18–2, Fr/Sa 19–4 Uhr | Gumpendorfer Str. 28 | Tel. 0699 19204194

BETON TANZBAR

Natürlich können Sie auch gleich im Franz von Hahn bleiben. Die Shabby-Chic-Kneipe mit der Betonbar und der lauten Musik gibt das allemal her. Oder Sie schlürfen unter funkelnden Glühbirnen einfach nur ein paar Cocktails zum Aufwärmen und ziehen dann weiter. So oder so: Hier beginnt der Abend mit Stil und Esprit.

➔ **FRANZ VON HAHN**

2. Bezirk | franzvonhahn.com | Mo–Fr 17–2, Sa/So 18–2 Uhr | Rotensterngasse 8 | Tel. 0650 3018887

CLUB-HOPPING

Lass sie raus, die Dancing Queen

ROTLICHT VERGISST MAN NICHT

Man erkennt das Roxy an der roten Fassade. Gewöhnen Sie sich an die Farbe, drinnen sieht es genauso aus – und Sie werden es lieben. Der Rohdiamant der Musikszene präsentiert sich sexy und verrucht, dabei stets entspannt. Erwarten Sie Elektro, House, Hip-Hop, R'n'B, Funk und Soul – meist mit DJs. Hinsetzen, INSIDER TIPP Wodka mit Makava-Eistee bestellen, trinken, abtanzen.

ROXY

4. Bezirk | roxyclub.org | Fr/Sa 23–6 Uhr | Faulmanngasse 2 | Eintritt je nach Veranstaltung | Tel. 0681 20307088

PERFEKTES PAAR

Der Club mit den vielen Graffiti ist ein Fixstern des Wiener Ausgehkosmos. Der Schwerpunkt liegt auf gutem, elektronischem Sound und Livebands. Streng genommen gibt es zwei Flucs: oben ein Musikcafé, unten, in der »Wanne«, den eigentlichen Club. Durch das studentische Publikum sind die Getränke billig, der Eintritt moderat. Sperrstunde? Irgendwann am nächsten Morgen.

FLUC

2. Bezirk | fluc.at | tgl. ab 20 Uhr | Praterstern 5 | Tel. 01 2182824

Roter Rohdiamant
Das Roxy rockt

NUR FOTOGRAFIEREN IST VERBOTEN

Am Donaukanal bei Spittelau liegt dieser künstlerisch gestaltete Elektronikclub. Ein meist junges und immer hippes Publikum tanzt auf zwei Dancefloors zu House, Techno und Minimal – aufgelegt von Top-DJs des globalen Underground. Aber aufgepasst: Unter 21 kommen Sie nicht rein in die Grelle Forelle und mit lustigen Partyfotos wird es auch nichts, denn es herrscht striktes Fotografierverbot. Rechnen Sie mit einer Schlange vor dem Eingang!

➔ GRELLE FORELLE

9. Bezirk | grelleforelle.com | Fr/Sa 23–6 Uhr | Eintritt je nach Programm | Spittelauer Lände 12

ZWISCHEN POESIE UND HIP-HOP

Easy und leger liegt dieses Gürtellokal im Herzen der Wiener Fortgehkultur. Vom Poetry Slam über Hip-Hop-Nächte bis zu Drum'n'Bass, die Location verändert mit den Gästen ihr Erscheinungsbild und das auch mal zweimal pro Nacht, wenn verschiedene Veranstaltungen parallel laufen. So kommt Wien zusammen! INSIDER TIPP Mieten Sie das Loft Wohnzimmer für Ihre private Party und genießen Sie einen unvergesslichen Abend.

➔ THE LOFT

16. Bezirk | theloft.at | Mi 19–2, Do 19–4, Fr/Sa 20–4 Uhr | Lerchenfelder Gürtel 37 | Tel. 01 9477619

GUT, GÜNSTIG, UNDERGROUND

Das Kunst- und Kulturzentrum Werk hat sich als verlässliche Größe innerhalb der Wiener Szene etabliert und ist groß genug für alle Künstlerinnen und Künstler abseits des Mainstreams. Das internationale Netz des Werk kommt aus der Bildenden Kunst, Theater, Literatur, Film und Performance. Zumeist sind DJs mit harten Bässen am – Werk. Doch ab und an finden auch Bands ihren Weg auf die Bühne. Dreckig, günstig, underground.

➔ DAS WERK

9. Bezirk | daswerk.org | Öffnungszeiten nach Veranstaltung | Spittelauer Lände 12 | Tel. 0677 61457623

Abtanzen

Lässig, aber mit Stil

POST-AB-SUNDOWNER

Untertags ist dieser Jugendstilpavillon ein biederes Kaffeehaus. Aber wehe, wenn die Sonne untergeht! Abends verwandelt sich diese Lokalität in einen wilden Musikclub. Wenn Sie in den Keller gehen, sind Sie in der Künstlerhauspassage, einem U-Bahn-Durchgang. Hier treffen sich bei den unterschiedlichsten Veranstaltungen alle vom Hipster bis zum Wiener Urgestein. Musik zwischen Pop und Elektro. Tanzen? Unbedingt!

➔ CLUB U

1. Bezirk | **club-u.at** | **tgl. ab ca. 22 Uhr** | **Karlsplatz, Otto-Wagner-Pavillon** | **Tel. 01 5059904**

FALCOS WOHNZIMMER

Der junge Falco setzte hier zu seinen ersten Flügen an, ehe er weltberühmt wurde. Mit dem Aufstieg des Falken begann auch jener des U4: In den Achtzigern trat hier alles auf, was in der damaligen internationalen Musikszene Rang und Namen hatte: von David Bowie über Prince bis zu Kurt Cobain. Heute ist es etwas ruhig geworden um das U4. Aber immer noch spielen hier Stars der House-Szene wie David Guetta oder Größen des österreichischen und deutschen Hip-Hop.

➔ U4

12. Bezirk | **u-4.at** | **Öffnungszeiten und Eintrittspreise nach Programm** | **Schönbrunner Str. 222–228** | **Tel. 01 81711920**

IM SCHATTEN DER BANANE

Muss man die Volksgarten-Clubdisko noch erwähnen? Sie gehört zu Wien wie der Wein – samt ihrem Anbau mit Garten und der Säulenhalle, die im Volksmund »Banane« heißt. Unter der Woche wird die Location für exklusive Privat- und Firmenveranstaltungen genutzt, von Donnerstag bis Sonntag ist das Partyvolk zu Gast. Hauptsache Spaß, lautet das Motto. Die fixierten Tischchen im Garten sind perfekt für laue Sommernächte mit offenem Ausgang.

➔ VOLKSGARTEN – CLUB & SÄULENHALLE

1. Bezirk | **volksgarten.at** | **Öffnungszeiten und Eintrittspreise nach Programm** | **Heldenplatz 1** | **Tel. 01 5324241**

EINE NACHT IM WUNDERLAND

Metropolen wie New York, London, aber auch Berlin begeistern die Partywelt schon seit geraumer Zeit mit ihren sogenannten Themenclubs. In Wien dauert bekanntlich alles etwas länger, wie einst schon Karl Kraus amüsiert feststellte. Doch seit gut zwei Jahren wird mitten im Ersten im Palais Palffy zu Alice ins Wunderland geladen. Lassen Sie sich von der wohl beeindruckendsten Clubkulisse der Stadt verzaubern und tauchen Sie ein in eine fantastische Welt von optischen Täuschungen und Realitätsverlust. Ob Techno, Hip-Hop, R'n'B oder Charts – im Alice ist alles möglich.

➔ CLUB ALICE

1. Bezirk | **facebook: Club Alice** | **Mi 22–4, Fr/Sa 23–5 Uhr** | **Josefsplatz 6** | **kein Tel.**

MEHR ALS NUR EIN CLUB

Mitten im Ersten werden Sie spätestens durch die lange Schlange an Wartenden auf den Club aufmerksam. Dass sich das Anstellen lohnt, beweist jeder Besuch aufs Neue: Drinnen ist es laut, heiß und vor allem wunderbar zum Tanzen. Gönnen Sie sich einen fruchtigen Cocktail an der Vitaminbar und lassen Sie sich von den vielen Special Acts überraschen.

➔ HORST

1. Bezirk | **horst.wtf** | **Öffnungszeiten und Eintrittspreise nach Programm** | **Rotgasse 9** | **kein Tel.**

POOLPARTY!

Die Pratersauna war vor vielen Jahren tatsächlich eine Sauna – und das ist unübersehbar. Badesachen nicht vergessen: Es gibt einen Pool, in dem Sie im Sommer bis in die frühen Abendstunden zu bevorzugt elektronischer Musik plantschen können. Dann öffnet die großflächige Clublandschaft mit ihren zahlreichen Floors. Ein Hauch von Dekadenz zieht sich durch das Ganze. Entsprechend geschmalzen sind die Preise: Die Pratersauna gehört eindeutig zu den kommerzielleren Clubs der Stadt.

➔ PRATERSAUNA

2. Bezirk | **pratersauna.tv** | **Juni–Sept. Strandklub: Mo/Di 12–20, Mi–So 12–22 Uhr, Club: So–Do 21–6, Fr/Sa 22–6 Uhr** | **Waldsteingartenstr. 135** | **Tel. 0664 2 50 20 22**

EDEL BIS ZUR AFTER-HOUR

Underground muss nicht muffig sein. Das Sass hat nicht nur Blattgold an den Wänden, sondern definitiv auch die stilvollste Einrichtung aller Musikclubs. Man fürchtet sich bloß immer davor, dass einem die schweren Kristalluster angesichts der wummernden Bässe im Raum auf den Kopf fallen könnten. Denn hier geht am Abend mächtig die Post ab. Ein weiteres Plus neben dem feinen Electro-Pop ist die Lage: Das Sass liegt direkt am Karlsplatz – also praktisch im Herzen der Stadt.

➔ SASS

8. Bezirk | **sassvienna.com** | **Do/Fr 23–6, Sa 23–5, So 6–11 Uhr** | **Karlsplatz 1** | **Tel. 0676 4 11 61 16**

GRANDE DAME DER MUSIKSZENE

Etwas gediegener und langsamer muss nicht schlecht sein, wie das Porgy & Bess beweist. Diese elegante Jazzbar wurde zu einem der besten Jazzclubs Europas gewählt. Das Porgy ist die Grande Dame der Wiener Szene. Gut für Sie: Als JazzliebhaberIn können Sie wenig falsch machen. Die Musiker sind handverlesen. Das schlägt sich leider in mitunter recht saftigen Eintrittspreisen nieder.

➔ PORGY & BESS

1. Bezirk | **porgy.at** | **Öffnungszeiten und Preise je nach Veranstaltung** | **Riemergasse 11** | **Tel. 01 5 03 70 09**

KEIN EISBERG IN SICHT

Dieser Dampfer ist seit über 35 Jahren nicht gesunken – auch wenn er für manche Passagiere zu späterer Stunde den Untergang bedeuten kann. Das elegant-anrüchige Lokal in Neubau ist der Veteran unter den Wiener Musikclubs. Zwischen den verspiegelten Wänden ist es immer ein wenig schmuddelig und definitiv laut. Aber wer am Wochenende einfach nur zu ehrlichem Hip-Hop und R'n'B abtanzen und die Nacht zum Tag machen möchte, sollte hier an Bord gehen.

➔ TITANIC

6. Bezirk | **titanic.at** | **Fr/Sa 23–6 Uhr** | **Theobaldgasse 11** | **Tel. 0699 17 02 13 18**

Jetzt Jazz!
Meeting Point Porgy & Bess

TECHNO MON AMOUR

Er muss weder unterkühlt noch unpersönlich sein, der Techno. Das beweist das Donau im Siebten. Hier können Sie sich auf ein musikalisches All-in-Paket einstellen, das alle Sinne anspricht: vom aufwändigen Lichtspektakel bis hin zu ausgefeilten Videoprojektionen. Zum familiären Charakter trägt ein Würstelstand bei, der die Mitte des Raums markiert.

DONAU

7. Bezirk | donautechno.com | Mo–Do 20–4, Fr/Sa 20–6, So 20–24 Uhr | Karl-Schweighofer-Gasse 10 | Tel. 01 5238105

SOUND OF DIASPORA

Wenn Sie in das migrantische Nachtleben Wiens eintauchen wollen, sind Sie im Opera Club richtig. Die Location unweit vom Karlsplatz ist immer noch ein Highlight INSIDER TIPP für Freunde der Balkandisko. Das musikalische Angebot hat Pfiff und ist breit gefächert. Auf jeden Fall immer höchst tanzbar.

OPERA CLUB

1. Bezirk | operaclub.at | Öffnungszeiten und Preise nach Programm | Mahlerstr. 11

Mädels-tour

Heut bleiben die Kerle zuhause

Erst mal was essen! Das schicke Kolin (Motto: ›drink, eat, love‹) im Neunten würde sich anbieten, da gibt es ein himmlisches Beef Tartar. Dann der erste Drink an der Bar. Hier fühlt man sich immer ein wenig wie beim großen Gatsby daheim. Das macht Stimmung.

1 DAS KOLIN

€€€ | 9. Bezirk | daskolin.at | Mo–Fr 11–24, Sa 16–24 Uhr | Kolingasse 5 | Tel. 01 8900221

18.00 UHR

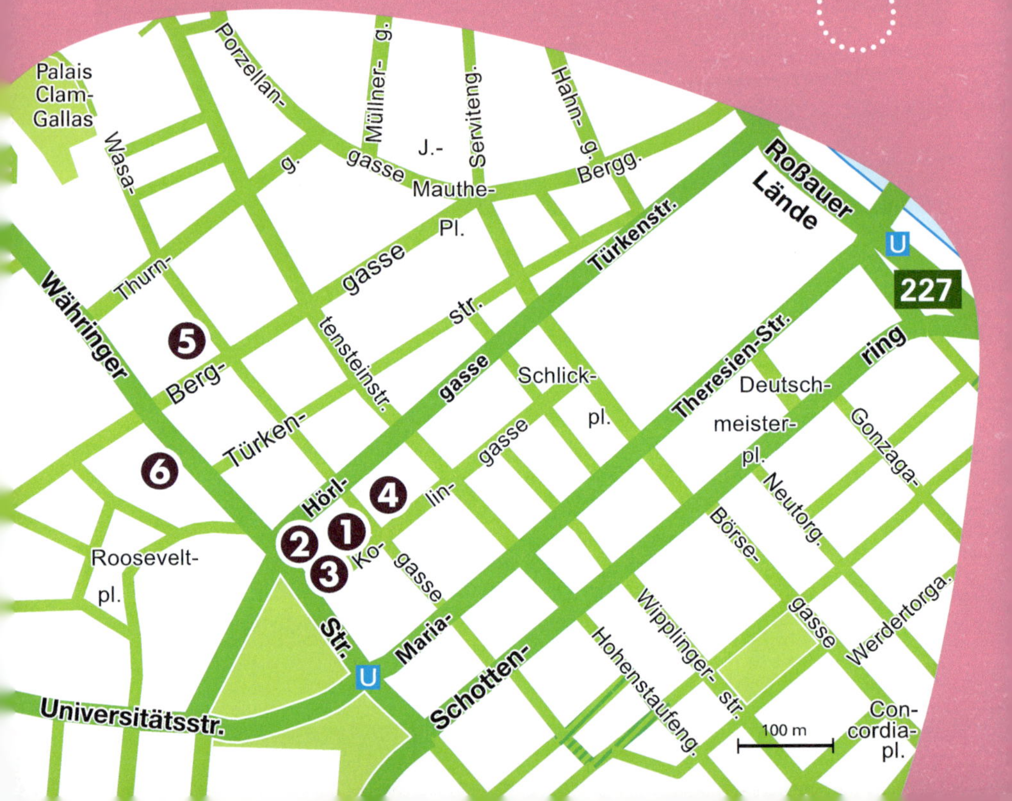

Fehlt zum Abendeinstiegsglück nur noch ein gediegenes Dessert. Zum Beispiel im Café Français, nur ein paar Gehminuten entfernt. Die feschen Kellner in der eleganten französischen Brasserie servieren Mousse au Chocolat oder Crêpes Flambées zum Rosé Pamp.

❷ CAFÉ FRANÇAIS

9. Bezirk | cafefrancais.at | Mo–Sa 9–24 Uhr | Währinger Str. 6–8 | Tel. 01 3 19 09 03

19.30 UHR

Nur ein paar Meter weiter eine coole Kellerbar mit nautischen Flair: Hier können Sie mal Ausschau nach einem Matrosen halten und gegen den Wunsch ankämpfen, sich sofort ein Tattoo stechen zu lassen. Dazu einen der herrlich verrückten Cocktails schlürfen. Und dann schnell weiter! Sonst lassen Sie sich am Ende wirklich noch einen Anker tätowieren.

❸ BOTANICAL GARDEN

9. Bezirk | botanicalgarden.at | Di–Do 18–2, Fr/Sa 18–3 Uhr | Kolingasse 1 | Tel. 0676 4 42 25 53

20.00 UHR

Einmal umfallen und Sie befinden sich in der OMU Bar. Elegant, stylish, gute Drinks. Und am Wochenende legt ein DJ auf. Tanzen wäre jetzt eine Idee. Und wenn der Hunger wiederkehrt: kein Problem. Es gibt hier auch ein paar ziemlich gute Snacks. Und das Highlight des Abends steht ja noch bevor …

❹ OMU BAR

9. Bezirk | omu.bar | Do–Sa 17–2 Uhr | Kolingasse 7 | kein Tel.

21.30 UHR

Jetzt wird es kryptisch. Verzagen Sie nicht, wenn Sie kein Türschild sehen. Das gehört zum Image von The Krypt. Haben Sie die Türsteher erst hinter sich gelassen, erwartet Sie eine elegant-schummrige Speakeasy-Bar im Kellergewölbe. Die Atmosphäre ist einzigartig, die Drinks ein Traum. Hier lässt es sich verweilen.

❺ THE KRYPT

9. Bezirk | Di–Do 19–1, Fr/Sa 20–3 Uhr | Wasagasse 17 | kein Tel.

22.30 UHR

Wohin noch auf einen schnellen Schlummertrunk? Im Keller des Charlie P's Pub and Dining ist jeden Abend Studentenparty. Hier können Sie sich nach einer Bartour noch einmal wie 20 fühlen, wild zu Hip-Hop oder Neunziger-Songs tanzen und sturzbetrunken mit dem Medizinstudenten schmusen.

❻ CHARLIE P'S

9. Bezirk | charlieps.at | Mo–Do 15–2, Fr/Sa 13–3, So 13–1 Uhr | Währinger Str. 3 | Tel. 01 4 09 79 23

00.30 UHR

Betrunken in Spelunken

Die dunkelsten Theken der Stadt

Ein Einkehrschwung in der Pizzeria Mafiosi sollte am Anfang jeder Sauftour durch das wilde Wien stehen. Wo sonst gibt es eine riesige Pizza um unter 6, ein Bier um 2 Euro? Außerdem erden das studentische Publikum, der viele Rauch und schallen die immergleichen Italosongs aus den Lautsprechern. Ein Bier für den Weg?

1 PIZZERIA MAFIOSI

15. Bezirk | pizzeria-mafiosi.at | tgl. 11–24 Uhr | Reindorfgasse 15 | Tel. 01 8927228

18.00 UHR

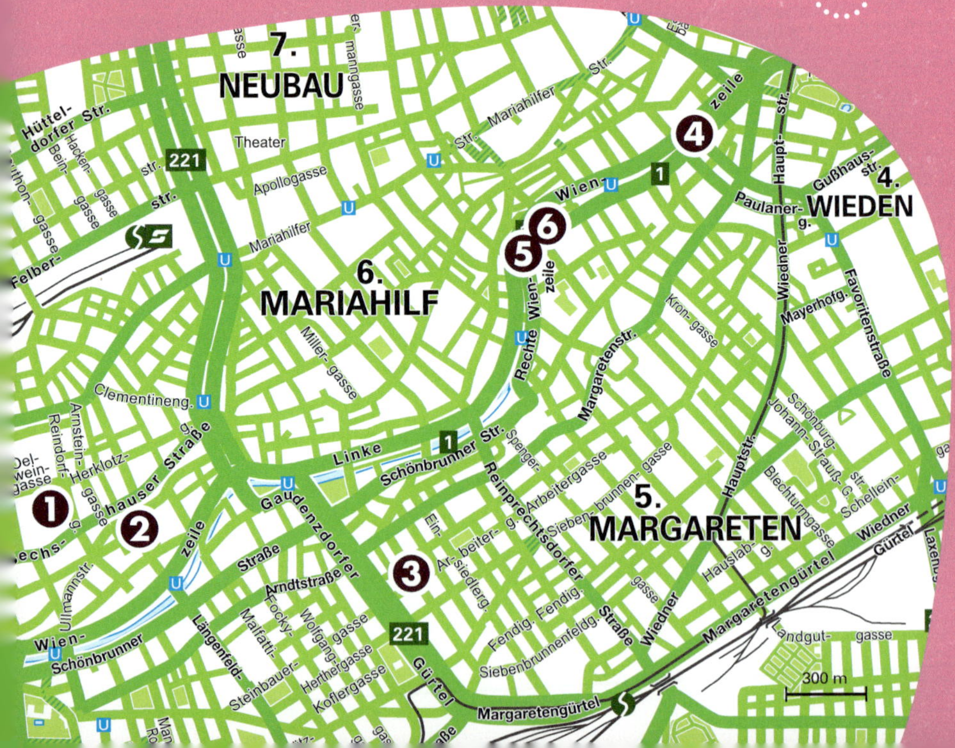

Sollten Sie auf dem kurzen Fußmarsch hierher die Bierflasche noch nicht geleert haben: weg damit! Erstens lässt man Sie damit nicht ins Hawidere. Und zweitens wäre es eine Sünde. Denn hier gibt es das beste Hausbier Wiens. Sie müssen nur durch die Menge Ihren Weg zur Theke finden. Machen Sie es sich im Stehen bequem: Einen Sitzplatz können Sie sich um die Zeit abschminken.

❷ HAWIDERE

15. Bezirk | hawidere.at | tgl. 16–2 Uhr | Ullmannstr. 31 | Tel. 0664 1 50 84 29

20.00 UHR

Nun zur U4 und zwei Stationen bis zum Margaretengürtel. Gleich sind Sie im Rupp's. Das ist streng genommen ein Nobel-Tschocherl, keine Spelunke. Aber das ist uns egal, man kann dort gut trinken und die Biere sind super. Eines noch, okay? Weiter!

❸ RUPP'S

5. Bezirk | rupps.at | Mo–Do 18–2, Fr/Sa 19–3 Uhr | Arbeitergasse 46 | Tel. 01 5 45 22 84

20.45 UHR

Ein letztes Mal in die U-Bahn, den Rest des Abends können Sie zu Fuß bewältigen. Es dauert auch wirklich nur zwei Stationen bis zur Eisernen Zeit am Naschmarkt. Steht dort gerade ein Betrunkener auf einem Bierfass und singt Arien – nur halt grottenfalsch? Egal. Einfach mal ein Bier, Prost!

❹ ZUR EISERNEN ZEIT

6. Bezirk | zureisernenzeit.at | Mo–Sa 8–24 Uhr | Naschmarkt 313–316 | Tel. 01 5 87 03 31

22.00 UHR

Nein, streng genommen kann man sich am Weg zum Rüdigerhof wirklich nicht verlaufen. Im Prinzip wären es nur fünf Minuten. Außer natürlich man ist so besoffen wie Sie. Naa, eh witzig. Einfach nur gerade aus, entlang der U4. Fragen Sie halt den Kellner freundlich, ob Sie noch ein im klitzekleines Bier im Gastgarten kriegen. Sie sind auch ganz brav …

❺ CAFÉ RÜDIGERHOF

5. Bezirk | tgl. 9–2 Uhr | Hamburgerstr. 20 | Tel. 01 5 86 31 38

23.55 UHR

Hat man Sie tatsächlich rausgeworfen? Und Sie wollen noch immer nicht heim? Dann torkeln Sie halt ein paar Meter weiter bis ins Celeste. Das ist da, wo der Bass laut herauswummert. Sie haben eh kein Problem mit verrauchten Räumen, oder? Also, nix wie rein und noch ein Bier. Prost!

❻ CELESTE

5. Bezirk | celeste.co.at | Öffnungszeiten je nach Programm | Hamburgerstr. 18 | Tel. 01 5 86 53 14

02.15 UHR

Beats & Bässe

Hier gibt's was auf die Ohren

Startpunkt der Reise ist die Mutter aller Gürtellokale: das Chelsea. Um diese Zeit ist hier noch nicht viel los, aus den Lautsprechern kommt Indie-Musik. Wie wär's zur Einsummen in den Abend mit einem Bier an der Theke? Aus der Flasche bitte, wir sind hier nicht in der Staatsoper.

❶ CHELSEA

8. Bezirk | chelsea.co.at | tgl. 18–4 Uhr | Lerchenfelder Gürtel, U-Bahnbogen 29–30 | Tel. 01 4079309

20.00 UHR

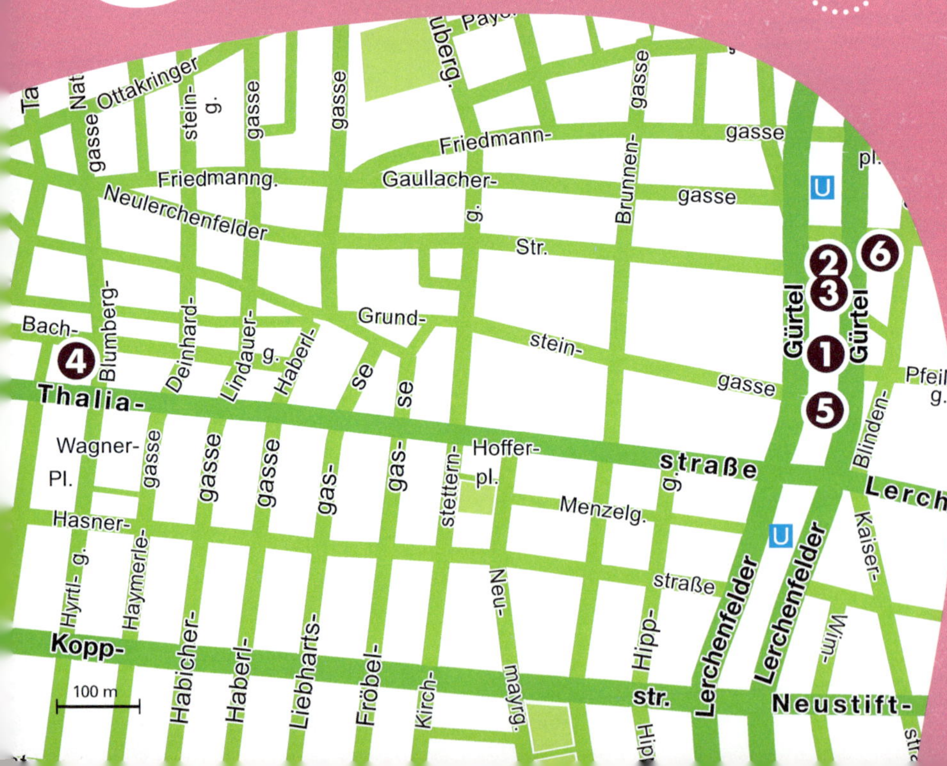

Der Kramladen – ein paar Schritte entfernt – ist die Wundertüte unter den Clubs am Gürtel. Diese Unberechenbarkeit gehört zum Konzept. Kann sein, dass sich gerade eine junge Punkband die Seele aus dem Leib schreit. Oder ein paar Klezmer-Musiker leise geigen. Das tschechische Bier ist weltklasse!

❷ KRAMLADEN

8. Bezirk | facebook: Kramladen Wien | Mo/Di 20–4, Mi–Sa 20–6 Uhr | Lerchenfelder Gürtel, U-Bahnbogen 39–40 | Tel. 0699 12 18 51 77

21.30 UHR

Einmal kurz raus und bei der nächsten Tür hinein. Die Einrichtung ist aluminium-dominiert kühl und es ist rappelvoll. Legt schon ein DJ auf? Oder spielt die Liveband noch? Auf jeden Fall ist klar, was Sie hier erwartet: gute elektronische Musik. Enjoy!

❸ RHIZ

8. Bezirk | rhiz.org | tgl. ab 20 Uhr | Lerchenfelder Gürtel, U-Bahnbogen 37 | Tel. 01 409 25 05

23.00 UHR

Eine Station mit der U6 und ein kleiner Fußmarsch bringt Sie ins Bach. Die Luftwatsch'n tut gut. Wenn Sie die lange Treppe nach unten und das Labyrinth bis zum Thekenbereich gemeistert haben, haben Sie sich ein Bier verdient. Für gewöhnlich spielen um diese Zeit am Wochenende noch junge Bands für kleinen Eintritt. Abtanzen? Nur zu!

❹ BACH

16. Bezirk | dasbach.at | So–Do 19.30–2, Fr/Sa 20–4 Uhr | Bachgasse 21 | Tel. 01 236 46 13

00.15 UHR

Gönnen Sie sich jetzt einfach ein Taxi zurück zum Gürtel. Die Nacht könnte im im Loop enden, wenige Meter von Ihrem Ausgangspunkt entfernt. Hier dürfen Sie nach Belieben abshaken zu einer bunten Mischung aus Hip-Hop, House, Funk, Jazz.

❺ LOOP

8. Bezirk | loop.co.at | tgl. ab 19 Uhr | Lerchenfelder Gürtel, U-Bahnbogen 26 | Tel. 01 402 41 95

01.45 UHR

Sperrstunde im Loop und Sie haben noch nicht genug? Sie sind aber wirklich ein harter Knochen! Ok, dann gibt es nur noch eine Möglichkeit: drei Schritte ums Eck und Sie sind im Café Carina. Zu erkennen an der lauten Musik und den Betrunkenen, die beim Rauchen vor der Tür mitsingen.

❻ CAFÉ CARINA

8. Bezirk | cafe-carina.at | Mo–Do 18–2, Fr/Sa 18–6 Uhr | Josefstädter Str. 84 | Tel. 01 406 43 22

04.15 UHR

STELLDICHEIN IM SCHUMMERSCHEIN

Der tiefe Graben birgt des Nachts so manches Geheimnis. In der Nähe des Hotels Orient, in das sich Paare zum Stelldichein begeben, befindet sich diese Location. Sie ist ein Klassiker unter den Wiener Gay-Diskos, aber auch Heteros gehen hier gern tanzen. Glam, Glitzer und Stil sind bei den Besuchern die Norm. In den Bars und auf dem Dancefloor läuft unterschiedliche Musik, die viele Geschmäcker trifft und so für ein bunt gemischtes Publikum sorgt.

➔ WHY NOT CLUBDISKO

1. Bezirk | why-not.at | Fr/Sa und vor Feiertagen 22–4 Uhr | Eintritt je nach Veranstaltung oder frei | Tiefer Graben 22 | Tel. 01 9 20 47 14

EVERYBODY DANCE NOW

Geschmäcker sind bekanntlich verschieden. Das trifft auch auf den Club Schwarzenberg zu. Während die einen die experimentellen Shows mit räkelnden Tänzerinnen lieben, schütteln andere den Kopf. Mit geschlossenen Augen ausgelassen tanzen und die Musik spüren können Sie hier jedenfalls großartig. Die Musik ist super, die Events abwechslungsreich.

➔ CLUB SCHWARZENBERG

1. Bezirk | clubschwarzenberg.at | Di–Do ab 23 (Eintritt ab 18 Jahre), Fr/Sa ab 23 Uhr (Eintritt ab 20 Jahre) | Schwarzenbergplatz 7 | kein Tel.

Ganz du selbst in der Wunderbar

ABSACKER

Einer geht noch!

WÄHRINGS PERLE

Sein Geburtsjahrzehnt in den Fünfzigern sieht man dem Café Stadtbahn leicht noch an. Und das ist gut so, denn die alte Budel samt Bieranlage machen den speziellen Charme dieser abgefuckten Perle Währings aus. Während der Sommermonate Juli und August hat das Lokal zwar geschlossen, kann aber für eigene Veranstaltungen gemietet werden. Konzerte von Wiener Lied über Jazz bis Punk.

➔ CAFÉ STADTBAHN

18. Bezirk | cafestadtbahn.org | Mo–Sa 19–2 Uhr | Gersthofer Str. 47 | Tel. 01 479 13 53

DER REIZ DES UNAUFDRINGLICHEN

Der Stil der Wunderbar färbt auch immer ein wenig auf ihre Gäste ab. In den dunklen Ledereckbänken fühlt man sich bald wie eine Burgschauspielerin nach der Premiere. Oder ein Kaffeehausliterat, der an der halbrunden Bar stundenlang seinen Gedanken nachhängt. Diese Unaufdringlichkeit der versteckten Kneipe im Ersten macht ihren Reiz aus – und ihre Gefährlichkeit. Man will nicht mehr aufstehen. Egal, ob mit oder ohne Gesellschaft.

➔ WUNDERBAR

1. Bezirk | facebook: Wunderbar Wien | tgl. 17–2 Uhr | Schönlaterngasse 8 | Tel. 01 512 79 89

MUFFIG UND VOLL TOLL

Das Alt Wien, eigentlich eine Mischung aus Café und Beisl, sei urig, urgemütlich und ein Unikat, sagen die Stammgäste. Das sind lokale Berühmtheiten, Künstler und junge Hipster. Da stört es auch niemanden, dass es leicht muffig und verqualmt ist und die vergilbten Wände bis zur Decke schichtenweise mit Plakaten beklebt sind. Besonders am Abend ist das Kultlokal oft voll besetzt – und das meist bis zur späten Sperrstunde.

➔ CAFÉ ALT WIEN

1. Bezirk | kaffeealtwien.at | tgl.19–2 Uhr | Bäckerstr. 9 | Tel. 01 512 52 22

WEIN UND MEHR

Bierliebhaber sollten sich vom Namen Reinwein nicht abschrecken lassen. Es gibt in dem entzückenden Gassenlokals auch Gerstensaft – und zwar hervorragenden. Das Reinwein überrascht mit einer exzellenten Auswahl an Craft-Bieren, nebst einer feinen, mediterranen Speisekarte. Und dazu ist es urgemütlich. Da kann der Abend schon mal länger werden

➔ REINWEIN

15. Bezirk | **reinwein.wien | Mo–Mi 16–1, Do–Sa 16–2, So 17–23 Uhr | Reindorfgasse 10 | Tel. 0650 2 11 81 93**

EIN HERZ FÜR RAUCHER

Vor mehr als 30 Jahren war das Tag/Nachtasyl das nächtliche Refugium tschechoslowakischer Oppositioneller in Wien. Sogar Vaclav Havel soll einst reingeschneit sein. Heute hat das gut verrauchte Kellerlokal – von den linken Parolen an den Wänden abgesehen – wenig politische Relevanz. Das Publikum ist bunt und verwegen. Das Bier ist billig und geraucht darf überall werden. Bei Slivovic und Becherovka sitzt man hier – der Welt für eine Nacht den Rücken gekehrt – bis in die frühen Morgenstunden.

➔ TAG/NACHTASYL

6. Bezirk | **facebook: Tag Nachtasyl | tgl. 17–4 Uhr | Stumpergasse 53–55 | Tel. 0676 3 77 56 79**

UND EWIG LOCKT DAS SOFA

Als Paradies – insbesondere für Liebhaber vegetarischer Küche, aber nicht nur für die – ist Das Augustin schon jetzt stadtbekannt. Worüber keiner groß spricht: Das ehemalige Wirtshaus mit den Wohlfühlsofas und den höchst überschaubaren Preisen ist der ideale Ort zum Versumpern. Nicht zu vergessen der Hauskater, der es sich gerne unter den Tischen gemütlich macht.

➔ DAS AUGUSTIN

15. Bezirk | **das-augustin.at | Mo–Do 16–0.30, Fr 16–1.30, Sa 9.30–1.30, So/Fei 9.30–0.30 Uhr | Märzstr. 67 | Tel. 01 9 82 13 64**

NACH DER LETZTEN U-BAHN FÄNGT DIE NACHT ERST AN

Der Rüdigerhof hat den schönsten Gastgarten Wiens – auch wenn alle paar Minuten daneben die U4 vorbeirattert. Wenn sie nicht mehr fährt, dann wissen Sie, dass Mitternacht schon lange vorüber ist. Was Ihnen vielleicht nicht aufgefallen ist, weil sie sich mit einem der Künstler und Freigeister, die hier in hoher Frequenz verkehren, in eine Diskussion über was auch immer verrannt haben. Vermutlich hat Sie der Kellner mit den langen Haaren auch schon ein, zwei Mal darauf aufmerksam gemacht, dass es an der Zeit wäre hineinzugehen. Soll sein. Geht die Diskussion halt drinnen weiter.

➔ RÜDIGERHOF

5. Bezirk | **tgl. 9–2 Uhr | Hamburgerstr. 20 | Tel. 01 5 86 31 38**

MIT MONROES SEGEN

Früher waren im Tanzcafé Jenseits käufliche Damen anzutreffen. Heute blickt Marilyn Monroe verständnisvoll aus ihrem Rahmen auf das bunt gemischte und in der Regel sehr aneinander interessierte Publikum. In der schummrig-eleganten Bar mit feiner Tanzmusik lässt es sich leben – und lieben.

➔ TANZCAFÉ JENSEITS

6. Bezirk | tanzcafe-jenseits.com | Di–Sa 20–4 Uhr | Nelkengasse 3 | Tel. 01 587 12 33

ES WIRD (NICHT) NUR EIN SPRITZER SEIN ...

Hipster lieben das Liebling. Aber eben nicht nur. Wer einmal in den abgewetzten Vintage-Couchsesseln versunken ist und einen, »aber diesmal wirklich nur einen!« der Spritzer – die hier in verschiedenen Varianten angeboten werden – bestellt hat, der hat praktisch verloren. Es wird niemals bei einem bleiben und wenn Sie sich ehrlich sind, dann wussten Sie das bereits beim Reingehen.

➔ LIEBLING

7. Bezirk | facebook: Liebling 1070 | Mo–Do 9–2, Fr/Sa 9–4, So 9–24 Uhr | Zollergasse 6 | Tel. 01 990 58 77

Warum nur einer?

Wenn man sie alle haben kann – die Spritzer im Liebling

Nachteulen-fütterung

Schön was los bei Mozart's

Wo gibt's noch was zu essen?

HUNGER NACH MITTERNACHT

JE SPÄTER DIE NACHT, DESTO SCHÖNER DIE KELLNER

Sperrstunde? Am Wochenende hat die Küche im legendären Motto mindestens bis halb 3 Uhr früh geöffnet, unter der Woche auf jeden Fall bis nach Mitternacht. Besonders gut sind Beef Tartar oder Schinkenfleckerl, davor oder danach noch einen Cocktail an der stylishen Bar. Ein bisschen schwul und extrem elegant mit den schönsten Kellnern der Stadt. Im Sommer lockt ein traumhafter Innenhofgarten.

➔ **MOTTO**

5. Bezirk | motto.wien | So–Do 18–2, Fr/Sa 18–4 Uhr | Rüdigergasse 1 | Tel. 01 5870672

DIE NACHTPIZZERIA IHRES VERTRAUENS

Finger weg von den grindigen Pizzaecken der Imbissstände! Es gibt eine bessere Lösung, und zwar im Siebten. An den Margheritas und Capricciosas in der Pizzeria Nino gibt es wirklich überhaupt nichts auszusetzen – vor allem aber kriegt man sie dort bis zwei Uhr nachts. Und wenn Sie möchten, können Sie sich Ihre Pizza auch mitnehmen.

➔ **PIZZERIA NINO**

7. Bezirk | pizzeria-nino.at | tgl. 11–2 Uhr | Burggasse 102 | Tel. 0681 20567013

DEFTIGES NACH MITTERNACHT

Das Mozart's ist der Klassiker für hungrige Nachteulen. Österreichische Küche und Burger von der Weinschenke lässt man sich im sehr geschmackvoll renovierten alten Beisl schmecken. Das Publikum ist eher jung, die Backpacker von der Jugendherberge nebenan senken den Altersschnitt weiter. Halten Sie Ausschau nach einem großen Bilderrahmen. Dieser markiert nämlich den INSIDER TIPP Eingang zur versteckten Chapel Bar.

➔ **MOZART'S**

15. Bezirk | mozartsvienna.com | So–Do 17–1, Fr/Sa 17–2 Uhr | Haidmannsgasse 8 | Tel. 01 8920878

ZEITVERSCHIEBUNG

Der entspannte Klassiker im Siebten ist nicht nur eine feine Adresse zum Fortgehen. Man kann im Café Europa nachts auch pippifein zu anständigen Preisen essen. Auf der Speisekarte steht ein deftiges Gulasch ebenso wie internationale Küche und super Burger. Mit etwas Glück legt sogar ein DJ auch. Ach ja und das Coolste: Sie können hier INSIDER TIPP bis 4 Uhr früh frühstücken.

➔ CAFÉ EUROPA

7. Bezirk | europa-lager.at | tgl. 9–5 Uhr | Zollergasse 8 | Tel. 01 5 26 33 83

GUT UND BILLIG

Das Bendl ist ein Tschocherl, wie es im Buche steht. Üblicherweise bleibt man nicht wegen dem Essen dort. Wenn aber nach Mitternacht der Magen knurrt, schafft es Abhilfe. Gut, in der Küche steht kein Haubenkoch, aber alles, was serviert wird, ist in Ordnung. Es gibt Suppen, Brote, Gulasch oder Würstel: alles unter 6 Euro.

➔ CAFÉ BENDL

1. Bezirk | bendl.wordpress.com | Mo–Do 8–2, Fr 8–4, Sa 18–4, So 18–2 Uhr | Landesgerichtsstr. 6 | kein Tel.

À LA CARTE NACH MITTERNACHT

Mittwoch bis Sonntag kann man hier von 3 Uhr in der Nacht bis 10 bzw. 12 Uhr am Morgen im Keller feiern und oben gar nicht mal so schlecht essen. Vom kleinen Snack wie Toast oder Süßkartoffel-Wedges über Burger und Beef Tartar bis hin zu Wok-Gerichten. Aber auch das Frühstück ist echt okay. Beim Hangover-Breakfast gibt's obendrauf einen Pfiff oder ein Glas Prosecco. Nur das Publikum ist halt manchmal etwas durchgefeiert. Und ziemlich teuer ist es ehrlich gesagt auch.

➔ GOODMANN

4. Bezirk | goodmann.at | Mi–Fr 3–10, Sa/So 3–12 Uhr | Rechte Wienzeile 23 | Tel. 01 967 44 15

Nach Hause gehen?

Oder im Café Europa bleiben bis zum Frühstück?

KATER-FRÜHSTÜCK

Rollmops & Co machen wieder froh

KLAR-KOPF-MACHEN AN DER FRISCHEN LUFT

Im Sommer lässt sich der vormittägliche Kater gut im Wirr am Brunnenmarkt füttern. Entweder auf der riesigen Dachterrasse oder im kleinen Schanigarten: perfekt zum Kopfauslüften. In der kalten Jahreszeit empfiehlt sich das sehr gemütliche Wirr im Siebten. Beim INSIDER TIPP Kater-Klassiker »The Devil's Breakfast« bekommen Sie für 9,20 Euro Baked Beans, gebratenen Speck, Chorizo, hausgemachte Kartoffel-Wedges, zwei pochierte Eier und eine Bloody Mary.

➔ WIRR IN DER BURGGASSE

7. Bezirk | wirr.at | So–Mi 8–2, Do–Sa 8–4 Uhr | Burggasse 70 | Tel. 01 9 29 40 50

➔ WIRR AM BRUNNENMARKT

16. Bezirk | facebook: Wirr am Brunnenmarkt | Mo–Sa 8–23 Uhr | Yppenmarkt | Tel. 01 4 02 30 98

SO WIRD DAS FRÜHSTÜCK ZUM INSTAGRAM-BURNER

Chillen im Schanigarten, das kommt Ihnen nach dieser Nacht ganz gelegen. Einfach die Sonnenbrille auflassen, dann fragt auch keiner nach den Augenringen. Zum weiteren Aufbauprogramm gehören die großartigen Frühstücksangebote: Bis 16 Uhr dürfen Sie hier täglich aus den Kombis wählen oder sich ihr Frühstück ganz nach persönlichen Vorlieben selbst zusammenstellen. Sie finden im Erich mal keinen Platz? Nicht traurig sein: Der große Bruder Ulrich wartet gleich ums Eck (St. Ulrichsplatz 1) und ist nicht minder empfehlenswert.

➔ ERICH

7. Bezirk | erichwien.at | tgl. 9–2 Uhr | Neustiftgasse 27 | Tel. 01 8 90 64 00

VADIS MACHEN'S WIEDER GUT

Der perfekte Katerbrunch am Sonntag für 14 Euro. Ein Tischbuffet in drei Gängen mit spannenden Frühstücksgerichten aus Sri Lanka. Unter anderem werden Vadis, salzige, frittierte Snacks in der Form von Donuts, Thosai, eine Palatschinken-Art, sowie verschiedene Currys, Brotvariationen und Süßspeisen angeboten.

➔ CURRYINSEL

8. Bezirk | curryinsel.at | Di–Fr 17–24, Sa/So 11–24, Sonntagsbrunch 11–14.30 Uhr | Lenaugasse 4 | Tel. 01 4 06 92 33

HOTEL
SACHER
WIEN

WOCHENENDE – GANZ GEDIEGEN

BRUNCH'N'BREAKFAST 58

Guten Morgen, Samstag! 62

WILL MITTAGESSEN! 64

SOS, Regensonntag! 68

TORTENSCHLACHT 70

SONNTAGABEND, TATORTZEIT 72

Raus aufs Land! 76

BRUNCH'N' BREAKFAST

Raus aus den Federn, ran ans Buffet

AUFWACHEN AUF DER MAHÜ

Das News Café wirbt mit dem »leckersten Frühstück in der Stadt«. Ob das nicht etwas übertrieben ist, mag sich der ein oder andere fragen. Doch das ausgiebige und schmackhafte News-Frühstück mit Salami, Brie und Mozzarella spielt tatsächlich alle Stückeln. Und das zu einem fairen Preis: 10,90 Euro. Die aufgeräumte Atmosphäre mit den stylishen Ohrensesseln und der Blick auf die Mahü tun ihr Übriges für einen entspannten Start in den Tag.

NEWS CAFÉ

15. Bezirk | **news-cafe.at** | **tgl. 7–2 Uhr** | **Mariahilfer Str. 148** | **Tel. 0650 982 15 30**

DIE ERSTE WAHL IM SOMMER

Der Tag ist noch jung, Ihr Magen knurrt und draußen lockt die Sonne? Zeit also für einen ausgedehnten Sonntagsbrunch im Freien. Der Gastgarten im Innenhof ist eine Sensation: Überall grünt und blüht es, dazwischen hängen bunte Lampions. Dazu Müslis in unzähligen Varianten, steirische Eierspeise mit Kürbiskernöl, Salate, Kuchen … Fad wird Ihnen im Mill kaum – kulinarisch gesehen ohnehin nicht. Das Angebot ist reichhaltig und wechselt regelmäßig.

MILL

6. Bezirk | **mill32.at** | **Mo, Fr 17–23, Di–Do 11.30–14.30, 16–23, So 11–16 Uhr (So nur Brunchbuffet 19 Euro)** | **Tel. 01 966 40 73**

TEATIME AM MORGEN

Keine Sorge: Sie bekommen im Teehaus auch einen Espresso oder zwei (obwohl auch der schwarze Tee zum Munterwerden einen Versuch wert ist). Wirklich fantastisch ist im Haas & Haas aber das Frühstück – besser: die Frühstücke. In dem charmanten kleinen Lokal hinter dem Stephansplatz können Sie aus 20 verschiedenen Variationen auswählen: ob japanisch mit Misosuppe, chinesisch mit Dim-Sum oder einem deftigen Wiener Gabelfrühstück. Das Ganze zu moderaten Preisen.

HAAS UND HAAS TEEHAUS

1. Bezirk | **haas-haas.at** | **Mo–Sa 8–20, So 9–18 Uhr** | **Stephansplatz 4** | **Tel. 01 512 26 66**

Spätstück
bis 15 Uhr im News Café

ORIENTALISCH FRÜHSTÜCKEN

Alleine die lichtdurchflutete Atmosphäre unter den hohen Bögen mitten im noblen Börsenviertel wäre einen Besuch wert. Doch das Beste kommt noch: Das Frühstück im Café Hansen zieht wirklich alle Register – vor allem für Leute, die nach einer langen Nacht Kohldampf haben. Besonders empfehlenswert ist der Orientalische Teller mit Hummus, Gemüse, Oliven und Minze für 7 Euro. Egal was danach kommt: Der neue Tag kann Sie nun definitiv nicht mehr erschüttern.

➔ HANSEN

1. Bezirk | hansen.co.at | Mo–Fr 9–23 (Küche bis 21.30), Sa 9–17 (Küche bis 15) Uhr | Wipplingerstr. 34 | Tel. 01 5320542

KRAFTWERK FÜR DEN RESTLICHEN TAG

Auf den ersten Blick sieht es nur aus wie ein schicker Laden für Vintage-Klamotten. Ist es ja auch. Aber im Café Burggasse 24 können Sie auch extrafein frühstücken – wenn Sie möchten, sogar bis 16 Uhr. Es ist ein vegetarisch-veganes Schlaraffenland. Mit dem verlockenden »Kraftwerk« – Ofen-Süßkartoffel mit Joghurt, gerösteten Nüssen und Honig, dazu hausgemachte Baked Beans – sind Sie nicht nur für die Anprobe bestens gewappnet.

➔ CAFÉ BURGGASSE 24

7. Bezirk | burggasse24.com | tgl. 10–22 Uhr | Burggasse 24 | Tel. 0677 61641784

Üppig & exotisch
Dschungelflair im Palmenhaus

ÜPPIGER, ALS DER PLATZ ERLAUBT

Klein ist hier nur der Gästeraum mit Kochecke. Die Auswahl an Frühstücksvarianten (etwa das »Sunny-Side-up-Frühstück« mit zwei Spiegeleiern, gebratenen Zucchini, Rohschinken, Bergkäse und einem Glas Holundersaft für 7 Euro) ist groß, die Portionen sind üppig. Wenn Sie hier einen Platz kriegen, werden Sie glatt zum Sitzenbleiber.

➔ BREAKFAST CLUB

4. Bezirk | thebreakfastclub.at | Mo–Fr 8–14, Sa/So 8–15 Uhr | Schleifmühlgasse 12–14 | Tel. 01 581 26 92

ZUM FRÜHSTÜCK UM DIE GANZE WELT

Sie müssen nicht im Daniel wohnen, um im Daniel zu frühstücken. Das Hotel wird geliebt für sein internationales Flair. Das dazugehörige Café, ein gemütliches Shabby-Chic-Lokal, bietet Köstliches aus aller Welt. Getreu dem Motto: »Man reist nicht mit dem Finger auf der Landkarte. Sondern mit dem Finger am Teller.« Hier erleben Sie besondere Gaumenfreuden: vom florentinischen Brotsalat über orientalische Antipasti bis zum Honig vom hauseigenen Bienenstock.

➔ DANIEL BAKERY

3. Bezirk | hoteldaniel.com | tgl. 6.30–1, Küche bis 23 Uhr | Landstraßer Gürtel 5 | Tel. 01 90 13 10

UNTER PALMEN

Von der üppigen Jugendstilarchitektur des Palmenhauses am Rande des Burggartens ließe sich stundenlang schwärmen. Ebenso von den exotischen Riesenpflanzen im Inneren des Gewächshauses, das ein charmantes Café beherbergt. Nicht nur an trüben Sonntagvormittagen ist diese Adresse für ein reichhaltiges Frühstück mit Dschungelflair die erste, wenn auch etwas kostspielige Wahl.

➔ PALMENHAUS IM BURGGARTEN

1. Bezirk | palmenhaus.at | Mo–Fr 10–24, Sa 9–24, So 9–23 Uhr Uhr | Burggarten 1 | Tel. 01 5 33 10 33

ZEIT, ZEITUNGEN UND VIEL KAFFEE

Hier lässt sich der Tag entspannt beginnen. Das Vindobona liegt im Herzen der Brigittenau und bietet alles für ein gutes Frühstück: Zeitungen, Mehlspeisen, 23 unterschiedliche Frühstücksvariationen – und das Beste: Zwischen 7 und 12 Uhr kostet jeder INSIDER TIPP Kaffee nur einen Euro. Bei gutem Wetter lockt der sonnige Platz vor dem Café-Restaurant. Wenn Ihnen für Sonntagabend noch der Sinn nach Kultur steht, besorgen Sie sich hier gleich Karten für das dazugehörige Kabarett.

➔ VINDOBONA

20. Bezirk | cafevindobona.at | tgl. 7–24 Uhr | Wallensteinplatz 6 | Tel. 01 5 12 47 42

ALLES UND NOCH VIEL MEHR

Durch das Joma weht ein Hauch von Amerika. Und das liegt nicht nur an der hippen Einrichtung oder dem ebenso gesunden wie schmackhaften Vermont Oatmeal (eine Art Hafermilchbrei). Wirklich US-Style ist der Anspruch der Betreiber, möglichst viele unterschiedliche Frühstückskulturen unter einen Hut zu bringen. Sie finden hier sage und schreibe alles, von deftig bis hauchzart-gesund, von der getrüffelten Eierspeise bis zum Birchermüsli. Und das mit Lebensmitteln von regionalen Zulieferern. Besonders empfehlenswert sind die frisch zubereiteten Smoothies.

➔ JOMA

1. Bezirk | joma-wien.at | So–Do 8–24, Fr/Sa 8–1 Uhr | Hoher Markt 10 | Tel. 01 5 32 10 32

FRÜHSTÜCK MIT KANZLER UND CO

Für politische Feinspitze ist ein gelegentliches Sonntagsfrühstück im Café Landtmann ein Muss. In dem großräumigen Kaffeehaus – unweit von Bundeskanzleramt und Parlament – kann man bei Kipferl und Melange brisante Neuigkeiten aufschnappen, ehe sie in der Zeitung stehen. Das Landtmann ist die Auslage der Politik: Hierhin geht man, um zu sehen und gesehen zu werden. Die Auswahl ist reichhaltig, die Ober freundlicher, als man glaubt.

➔ CAFÉ LANDTMANN

€€€ | 1. Bezirk | landtmann.at | tgl. 7.30–24 Uhr | Universitätsring 4 | Tel. 01 24 10 01 00

FRÜHSTÜCKEN WIE EIN ROCKSTAR

Warum dieses Lokal Spelunke heißt, gehört zu den gut gehüteten Geheimnissen der Betreiber. Es ist weder klein noch grindig, ganz im Gegenteil. Auf alle Fälle speist man in den grünen Ledersesseln im gemütlichen 70er-Jahre-Look mit Blick auf eine imposante Plattensammlung. Dazu passt etwas Ausgefallenes: Wie wäre es zum Beispiel mit einem Rührei in Avocadocreme? Oder, nach einer langen Nacht, ein Katerfrühstück mit Curry und Reis? Rock'n'Roll!

➔ SPELUNKE

2. Bezirk | spelunke.at | Mo–Do 11–2, Fr 11–4, Sa 10–4, So 10–24 Uhr | Taborstr. 1 | Tel. 01 2 12 41 51

KLASSE KLASSIK!

Würden Sie ab zu gerne mitreden, wenn von »ernster Musik« die Rede ist? Sie wissen schon: Mozart, Beethoven, so was in der Art. Eine super Einstiegsdroge in die Welt der klassischen Musik wird jeden Samstagmorgen im Ö1-Radiokulturhaus verabreicht, wo erstklassige Musiker vor Publikum spielen. Geben Sie sich einen Ruck: Mit etwas Glück kommen Sie sogar gratis in ein Konzert mit echten Profimusikern.

➔ Ö1 KLASSIK-TREFFPUNKT

4. Bezirk | oe1.orf.at/klassiktreffpunkt | Sa 10.05 Uhr | ORF-Radiokulturhaus, Argentinierstr. 30a | Karten bei Ö-Ticket (oeticket.com)

Guten Morgen, Samstag!

Dafür lohnt's sich aufzustehen

BESTE SCHMANKERLN FÜR FRÜHE VÖGEL

Der Karmelitermarkt im Zweiten ist ein Muss für alle, die Lust auf Regionalität haben. Jeden Samstag kommen Bauern aus der Umgebung und bieten Köstlichkeiten der Saison feil. Ob das nun frische Äpfel sind oder Geselchtes, Hauptsache Slow Food: genussreich und gesund. Auch Freunde internationaler Spezialitäten kommen auf ihre Kosten. Einziger Nachteil: Der Markt beginnt bereits um 6 Uhr früh und ist gut besucht. Wer die ganze Auswahl genießen will, muss früh raus aus dem Bett.

➔ KARMELITERMARKT

2. Bezirk | Mo–Fr 6–19.30, Sa 6–17 Uhr

WO IST DAS SCHNÄPPCHEN?

Sie sagen, den Naschmarkt mit seinen Viktualien kenne ohnehin jeder? Gut. Aber kennen Sie auch den großen Flohmarkt, der dort wöchentlich stattfindet? Jeden Samstag reiht sich entlang der Wienzeile Stand an Stand, die Verkäufer kommen aus aller Herren Länder. Wer nur Lust auf einen Bummel hat, kann sich Zeit lassen. Für die besten Schnäppchen aber geht man am Freitag früh schlafen oder legt sich erst gar nicht hin.

➔ FLOHMARKT BEIM NASCHMARKT

6. Bezirk | Sa 6.30–18 Uhr | Wienzeile bei der Kettenbrücke

WIEN, WIEN, NUR WIR ALLEIN ...

... und das Wasser. Das Krapfenwaldbad ist eins der schönsten Bäder Wiens – und das höchstgelegene: am Hang des Cobenzels mit einer atemberaubenden Ausblick über die Stadt. Entsprechend überfüllt ist das idyllische Freibad in der warmen Jahreszeit, denn man möchte nicht nur sehen, sondern auch gesehen werden. An einem Samstagvormittag jedoch haben Sie das Postkartenpanorama von Wien (fast) für sich alleine.

➔ KRAPFENWALDBAD

19. Bezirk | stadt-wien.at | ca. Mai–Mitte Sept. Mo–Fr 9–19, Sa/So 8–19 Uhr | Krapfenwaldgasse 65–73 | Tel. 01 3 20 15 01

EIN MÄRCHEN AUS 1001 MORGEN

Wenn der Wecker klingelt, müssen Sie sich nicht kasteien – im Gegenteil: Was kommt, ist besser als schlafen. Im Aux Gazelles beginnen Sie den Tag mit einem original marokkanischen Frühstück. Das bekommen Sie auch hier nur am Samstagmorgen. Danach wickeln Sie sich in ein orientalisches Handtuch und lassen sich im Hammam verwöhnen: mit Dampfbädern, Salbungen und Peelings. Wenn Sie mögen, können Sie dabei ja weiterschlummern.

➔ HAMMAM UND SALON DE BEAUTÉ IM AUX GAZELLES

6. Bezirk | auxgazelles.at/club | außer Aug. Sa 11–22 Uhr | Rahlgasse 5 | Tel. 01 5 85 66 45 | reservieren!

WILL MITTAG-ESSEN!

Eben erst gefrühstückt? Egal!

Bloß keine Kalorien zählen

In der Jausenstation Meierei

HANDFEST KREDENZT

Hanno Pöschl, das Wiener Original aus zahlreichen Film- und Fernsehproduktionen, bleibt auch in der Gastronomie dem Genre treu: In seinem kleinen Lokal wird vorwiegend Handfestes aus der Wiener Küche – oft mit einem Twist – kredenzt, wie zum Beispiel Hirschschnitzel. Das Lokal hieß früher übrigens Immervoll und das ist ein wichtiger Hinweis: Sie sollten unbedingt reservieren!

➔ GASTHAUS PÖSCHL

1. Bezirk | gasthauspöschl.com | tgl. 12–24 Uhr | Weihburggasse 17 | Tel. 01 5135288

AUSG'STECKT IS AM CAMPUS

Heurige gehören genauso zu Wien wie die Melange und der Fiaker. Doch wer glaubt, sie seien nur am Stadtrand zu finden, irrt. Im Zentrum liegt etwa der Bierheurige Gangl am Campus des Alten Allgemeinen Krankenhauses. Ein Besuch ist besonders in der warmen Jahreszeit zu empfehlen: Unter den Bäumen im schönen Innenhof schmecken das Bier aus der hauseigenen Brauerei und die Fruchtsäfte aus selbst angebautem Obst besonders erfrischend.

➔ GANGL

9. Bezirk | gangl.at | Mo–Fr 9–24, Sa/So 11–24 Uhr | Alser Str. 4, Hof 1 | Tel. 01 4091994

MEHR ALS DÖNER & CO

Wie gut, dass türkische Restaurants keine Sonntagsruhe kennen. Wenn Sie Lust auf osmanische Spezialitäten jenseits von Kebab und Dürüm haben, ist das Etab in Ottakring eine gute Adresse. Und ganz nebenbei auch noch eine recht günstige!

➔ ETAP

16. Bezirk | etaprestaurant.at | So/Mo, Mi/Do 8–24, Fr 8–2, Sa 8–4 Uhr | Neulerchenfelder Str. 13 | Tel. 01 4060478

TAFELN WIE SISSI UND FRANZI

Einmal ein deftiges Sonntagsessen wie vor 150 Jahren? Geht klar, am besten in der Jausenmeierei bei Schönbrunn. Dort sitzt es sich im Sommer ganz idyllisch unter Bäumen und die Speisekarte lässt wenig Wünsche offen: von klassischen Meierei-spezialitäten bis hin zu Exotischererem wie Tapas. Auf jeden Fall stilecht mit einem Kaiserschmarrn zum Abschluss.

➔ JAUSENSTATION MEIEREI

19. Bezirk | landtmann-jausenstation.at | Mo–Fr 10–18.30, Sa/So 9–18.30 Uhr | Schloss Schönbrunn Kronprinzengarten (Eingang Meidlinger Tor) | Tel. 01 24100380

NUDELSUPPE MACHT FROH

Egal, wofür Sie sich in diesem sonnigen Gassenlokal im Achten entscheiden: Eine Suppe mit Nudeln ist immer mit von der Partie, da ist das Nguyen's Pho House traditionell. Denn im vietnamesischen Familienbetrieb dreht sich alles irgendwie um die hausgemachte Brühe. Diesen Hauch von Asien wird Ihnen Ihr Gaumen besonders an kalten Wintertagen zu danken wissen. Eines noch: Probieren Sie die INSIDER TIPP Goi-Cuon-Sommerrollen! Und vergessen Sie nicht zu reservieren!

➔ NGUYEN'S PHO HOUSE

8. Bezirk | nguyensphohouse.at | Mi–Mo 11–22 Uhr | Lerchenfelder Str. 46 | Tel. 01 9565324

Schwein gehabt

… wer in der Wildsau essen darf

BELOHNUNG AM GIPFEL

Wer den steilen Weg zur Buschenschank Hirt, die eingebettet zwischen Weinbergen am Kahlenberg liegt, nach oben gekeucht ist (15 Min.), hat sich etwas verdient und wird belohnt mit einem traumhaften Blick auf Wien und die Donau von einer der beiden Terrassen und deftiger Hausmannskost wie Selchfleisch, Gemüsestrudel oder Schinkenfleckerl. Und im Gastraum herrscht Skihüttenatmosphäre.

➔ HEURIGER HIRT

19. Bezirk | **heuriger-hirt.at | April–Okt. Mi–Fr ab 15, Sa/So ab 12, Nov.– März Fr–So ab 12 Uhr | Eiserne Handgasse, Parz. 165 | Tel. 01 3 18 96 41**

AUF DEM PFAD DER WILDSAU

Hier können Sie sich ein wenig wie ein Jäger fühlen – ohne ein Gewehr in die Hand nehmen zu müssen. Hoch über Wien, auf einer Wiese mit sagenhaftem Ausblick über die Stadt, steht das Gasthaus Zur Wildsau – ein urig-rustikaler Heuriger in einem Holzschuppen. Und auf der Speisekarte steht natürlich nicht nur Wildschwein. Egal, wofür Sie sich entscheiden: Das Essen ist so gut, dass man kaum genug davon bekommen kann.

➔ ZUR WILDSAU

13. Bezirk | **wildsau.at | Sa/So 12–18 Uhr | Slatingasse 22 | Tel. 01 8 76 46 53**

BIO-BURGER, GANZ ENTSPANNT

Sie wollen sich am Wochenende wiedermal so richtig etwas gönnen und mit allen Sinnen genießen? Die Burgermacher beweisen, dass auch Fast Food ein absolutes Highlight sein kann. Das Fleisch stammt vom Bio-Bauernhof, das Brot wird nach spezieller Demeter-Rezeptur gebacken. Selbst Pommes, Chips und Mayo sind handgefertigt. Ja, das dauert etwas länger als im Schnellrestaurant, vor allem wenn Sie vorher nicht reserviert haben. Aber Sie werden den Unterschied schmecken!

➔ DIE BURGERMACHER

7. Bezirk | **dieburgermacher.at | Di–Fr 17–23, Sa 12–23, So 12–22 Uhr | Burggasse 12 | Tel. 0699 11 58 95 99**

UNTER KASTANIEN

Schotter, Kastanienbäume, Holzmöbel. Der Silberwirt hat, was man in Wien sonst nur selten findet: einen richtigen Biergarten. Wegen seiner Lage mitten im Schlossquadrat bekommt man vom Stadttrubel kaum etwas mit. Die Karte bietet Regional-Wienerisches wie Schnitzel oder Zwiebelrostbraten, aber auch einige vegetarische Gerichte.

➔ SILBERWIRT

5. Bezirk | **silberwirt.at | tgl. 12–24 Uhr | Schloßgasse 21 | Tel. 01 5 44 49 07**

SOS, Regen-sonntag!

ALLES ANSICHTS-SACHE

Glauben Sie nicht alles, was sie sehen. Vielleicht ist auch der Regen nur eine optische Täuschung. Na, doch wirklich nass! Dann tauchen Sie im Trockenen ein in die Welt der Illusionen und lassen Sie Ihre Sinne hinters Licht führen. Während es in den meisten Wiener Museen »Fotografieren verboten!« heißt, wird im Museum der Illusionen ausdrücklich darum gebeten.

➔ MUSEUM DER ILLUSIONEN

1. Bezirk | **museumderillusionen.at** | **tgl. 10–20 Uhr** | **Wallnerstr. 4** | **Tel. 01 5 32 22 55**

IN DEN TROPEN TROPFEN TROTZEN?

Sie sind in den Tropen und der Regen trommelt auf die Baumkronen, während sie geschützt durch das grüne Dickicht spazieren. Dazu müssen Sie keinen Langstreckenflug buchen, das Palmenhaus Schönbrunn tut es auch. Wenn Ihnen das Dschungelfeeling zu viel wird, gehen Sie einfach ein paar Schritte weiter. Neben dem tropischen Palmenhaus gibt es einen Pavillon mit gemäßigtem Klima und ein kühles Nordhaus.

➔ PALMENHAUS SCHÖNBRUNN

13. Bezirk | **schoenbrunn.at** | **tgl. 9.30–17 Uhr** | **Schlosspark Schönbrunn** | **Tel. 01 8 77 50 87**

GRUFTIES KENNEN KEIN SCHLECHTWETTER

Für Touristen gehört ein Abstecher zu den Gebeinen der Habsburger zum Pflichtprogramm. Aber kaum ein Einheimischer findet den Weg in die tiefen Kellergewölbe, wo die Knochen von Maria Theresia, Franz Joseph I. und Sisi liegen. Hey, das ist auch Ihre Geschichte! Also nichts wie hin – damit Sie sich das nächste Mal nicht mehr bis auf die Knochen blamieren, wenn Sie ausländischen Freunden eine kleine Geschichtsstunde geben sollen.

➔ KAPUZINERGRUFT

1. Bezirk | kapuzinergruft.com | tgl. 10–18 Uhr | Tegetthoffstr. 2

HOCH HINAUF STATT NASS HINAUS

Über Ihnen prasselt wie wild der Regen, doch sie spüren keinen Tropfen. Dafür haben Sie gerade ganz andere Herausforderungen zu bewältigen: langsam umgreifen, hochziehen, einen Fuß nach oben, dann den anderen. Wo Sie sind? In der Blockfabrik, Wiens schönster Boulderhalle. In dem riesigen, an anderen Tagen sonnendurchfluteten Fabrikgebäude können INSIDER TIPP auch Anfänger bis ganz an die Decke klettern. Dem Regen entgegen, sozusagen.

➔ BLOCKFABRIK

5. Bezirk | blockfabrik.at | tgl. 9–22 Uhr | Schloßgasse 10–12 | Tel. 0650 7001054

RAUS DIE SAU

Es regnet draußen? Jetzt haben Sie sich nicht so. Schnappen Sie sich halt einen Schirm oder eine Regenjacke und fahren Sie in den Lainzer Tiergarten. Dort sind Sie bei diesem Wetter völlig allein. Sie wollen im Regen singen? Bitte sehr: Hier hört Sie niemand. Ein gutes Ziel wäre der Hohennauer Teich. Mit etwas Glück laufen Ihnen dabei ein paar Wildschweine über den Weg, die sich hingebungsvoll in den Pfützen suhlen. Nehmen Sie sich an ihnen ein Beispiel: Lassen Sie einmal die Sau raus! Es muss ja niemand erfahren.

➔ LAINZER TIERGARTEN

13. Bezirk | lainzer-tiergarten.at | Öffnungszeiten s. Website | Eingang u. a. Lainzer Tor in der Hermesstraße

TORTEN-SCHLACHT

Am Sonntag gehört die Cremetorte mir

DER ROSAROTE KLASSIKER

Wer »Aida« hört, denkt an die Oper oder an eine Konditorei-Kette, die bevorzugt von reiferen Damen aufgesucht wird. Die rosarote Einrichtung ist in der Tat gewöhnungsbedürftig. Und dennoch lohnt sich ein Besuch auch für jüngere Semester. Zumindest ab und zu, wenn die Lust auf eine gediegene Süßspeise kommt. Aida ist der Klassiker unter den Konditoreien – und die Torten ein Traum. Etwa im Stammhaus in der Wollzeile.

AIDA

1. Bezirk | aida-cafe.at | Mo–Mi 8–19, Do/Fr 8–20, Sa 9–20, So 9–18 Uhr | Wollzeile 28 | Tel. 01 89 08 98 82 05

Hoch-staplerin am Werk im Demel

EXPERIMENTALKUCHEN

Die Patisserie hat in Wien jahrhundertelange Tradition. Und entsprechend zurückhaltend sind die Zuckerbäcker bei Experimenten. Doch es gibt Ausnahmen. Eine davon ist das Fett und Zucker in der Hollandstraße. Die köstlichen Süßwaren (Bananenbrot!) lassen auch – aber nicht nur! – vegane Herzen höher schlagen. Die schräge Einrichtung ist erfrischend anders.

➔ **FETT UND ZUCKER**

2. Bezirk | **fettundzucker.at** | **Mo–Fr 13–21, Sa/So 11–21 Uhr** | **Hollandstr. 16** | **Tel. 0699 11 66 00 92**

DER GLANZ DER MONARCHIE

Vor mehr als 120 Jahren wurde ein gewisser Ludwig Heiner zum kaiserlich-königlichen Hofzuckerbäcker ernannt. Die Monarchie ist schon lange Geschichte, aber seine Nachfahren tragen das alte Wappen weiter. In der Konditorei im Ersten lebt der Glanz vergangener Zeiten fort. Begeben Sie sich auf eine Zeitreise!

➔ **K.U.K HOFZUCKERBÄCKER L. HEINER**

1. Bezirk | **heiner.co.at** | **Mo–Sa 8.30–19.30, So 10–19.30 Uhr** | **Kärntner Str. 21–23** | **Tel. 01 5 12 68 63**

WALNUSS, SCHOKO, VEILCHEN. NOCH FRAGEN?

Das 1786 gegründete Traditionshaus Demel bietet die besten Taschen, Schnitten, Rouladen, Rollen, Röllchen und Kuppeln, die Sie je gegessen haben. Und die werden nach alten Rezepten zubereitet, die schon Sisi verzückt haben. Das angeschlossene Kaffeehaus ist seit jeher Treffpunkt der Aristokratie und des Bürgertums. Und mit einer Demeltorte – innen mit Walnuss-Schokoladenmasse, außen mit Veilchen bestreut – lässt sich der Tag versüßen.

➔ **DEMEL**

1. Bezirk | **demel.at** | **tgl. 8–19 Uhr** | **Kohlmarkt 14** | **Tel. 01 5 35 17 17 0**

BUCHTELN WIE DAMALS

Ob wirklich – wie von Georg Danzer besungen – vor mehr als 40 Jahren ein Nackerter zum Gaudium des Publikums durch das Hawelka flitzte – ist nicht mit Sicherheit belegt. Damals galt das Kaffeehaus in der Wiener Innenstadt als Refugium für Künstler. Heute gehört es zu den bekanntesten Cafés der Stadt, mit entsprechend hoher Touristendichte. Die INSIDER TIPP hausgemachten Buchteln mit Vanillesauce sind eine Wucht.

➔ **CAFÉ HAWELKA**

1. Bezirk | **hawelka.at** | **Mo–Do 8–24, Fr/Sa 8–1, So/Fei 10–24 Uhr** | **Dorotheergasse 6** | **Tel. 01 5 12 82 30**

MEHR ALS NUR KONDITOREI

Natürlich kann man im Café Dommayer unweit von Schönbrunn auch einfach nur Kaffee trinken und Zeitung lesen. Das traditionsreiche Kaffeehaus gehört zu den eleganteren Adressen in Wien und es bleibt selten beim Kaffee. Hier werden selbst die größten Patisserie-Muffel schwach: Für die riesige Auswahl an Kuchen und Torten zeichnet die Kurkonditorei Oberlaa verantwortlich.

➔ **OBERLAA-DOMMAYER**

13. Bezirk | **oberlaa-wien.at** | **tgl. 7.30–20.30 Uhr** | **Dommayergasse 1** | **Tel. 01 8 77 54 65 0**

SONNTAGABEND, TATORTZEIT

Die Ermittlungen ergeben: Hier klingt das Wochenende schön aus!

EIN HAUCH ITALIEN

Atmosphäre: check. Vor allem im Sommer weht hier ein Hauch von Italien durch Wien. Der Platz vor der barocken Maria-Treu-Kirche hat fast mediterranes Flair. Genau das Richtige für einen Mini-Urlaub zum Auftanken vor der Woche. Der Teig der köstlichen Holzofenpizzen ist dünn und knusprig, was darauf kommt frisch. Gut Essen um überschaubare Kohle.

➔ **IL SESTANTE**

8. Bezirk | sestante.at | tgl. 11.30–23 Uhr | Piaristengasse 50 | Tel. 01 4029894

AUF DIE SCHNELLE INS GRÜNE

Einmal abgebogen aus dem Trubel der Stadt und schon wähnt man sich für einen Sonntagabend lang weitab im Grünen. Diese Weinstube ist klein, bietet gute Hausmannskost und feine Weine. Der Garten im Innenhof ist efeuumrankt und im Sommer herrlich schattig! Reservieren nicht vergessen!

➔ **WEINSTUBE JOSEFSTADT**

8. Bezirk | facebook: Weinstube Josefstadt | April–Mitte Dez. tgl. 16–24, Gastgarten bis 22 Uhr | Piaristengasse 27 | Tel. 01 4064628

PUB MIT WIENER SCHMÄH

Wiener Vorstadtbeisl und Irish Pub? Ja, das geht zusammen, wie der Schwarze Rabe beweist. Freitags findet ab 19.30 Uhr ein Pubquiz statt, dann ist die Bude rappelvoll. Aber am Sonntagabend können Sie hier in Ruhe eine Kleinigkeit essen und dazu ein Krügerl vom Hausbier genießen. Wenn Sie unter der Woche wiederkommen, gibt es von 17 bis 18 Uhr alle österreichischen Biere für nur 2,50 Euro.

➔ **SCHWARZER RABE**

16. Bezirk | rabenbraeu.at | Mo–Fr 17–1, Sa/So 18–1 Uhr | Ottakringer Str. 180 | Tel. 01 4861177

ZUM SPIELEN UND TRÄUMEN

Ein kleines Porträt von Franz Kafka im Barbereich weist auf den berühmten Namensgeber hin. Und auch das Publikum hat eine Literatur-Affinität: Ein Sonntagabend alleine mit einem guten Buch lässt sich im Café Kafka gut verbringen. Aber auch Gruppen kommen auf ihre Rechnung: **INSIDER TIPP** Die Spielekiste ist gut gefüllt. Es gibt Schlimmeres, als das Wochenende mit »Risiko« oder »Monopoly« ausklingen zu lassen und dazu eine Kleinigkeit zu essen. Besonders empfehlenswert für Vegetarier!

➔ CAFÉ KAFKA

6. Bezirk | facebook: Café Kafka | Mo–Do 8–24, Fr/Sa 8–1, So 10–23 Uhr | Capistrangasse 8 | Tel. 01 5861317

SO FEIN KANN NORMAL SEIN

Einfach bloß den Sonntag mit einem guten Essen ausklingen lassen – ohne Stress, irgendeinen Klimbim im Lokal, ohne laute Musik, aufdringliche Kellner oder Speisen auf der Karte, von denen Sie nicht wissen, was Sie damit anfangen sollen? Im Eduard schmeckt es super, die Preise sind absolut okay und Sie werden in Ruhe gelassen. Das Schnitzel ist ein Genuss, das Bier mit Liebe gezapft und die Einrichtung ebenso traditionell wie stylish.

➔ DAS EDUARD

15. Bezirk | das-eduard.jimdo.com | Mo 16–24, Di–Fr 8.30–24, Sa/So/Fei 9.30–24 Uhr | Tel. 01 8922978

Geht das?
Und wie: Der Schwarze Rabe ist Pub und Beisl in einem

ADIEU WOCHENENDE!

Traurig, weil das Wochenende bald Geschichte ist? Ach was, zelebrieren Sie die letzten Stunden. Wie wär's zum Beispiel mit studentischem Flair und irischen Angeboten? Wenn Sie an dieser Stelle begeistert mit dem Kopf nicken und das Guiness samt Spareribs schon vor Ihren Augen sehen, ist das Shebeen perfekt für Sie. Fußballfans können die aktuellen Matches verfolgen, und Live-Musik gibt's ebenfalls des Öfteren. Und immer dran denken: Das nächste Wochenende kommt bestimmt.

➔ SHEBEEN

7. Bezirk | **shebeen.at** | **So–Do 16–1, Fr/Sa 16–2 Uhr** | **Lerchenfelder Str. 45** | **Tel. 01 5 24 79 00**

FEIN UND DEFTIG

Sie wollen sich am Sonntagabend noch etwas richtig Feines gönnen? Und deftig darf es auch sein? Dann sollten Sie das Flatschers in Erwägung ziehen. Ganz billig ist es nicht, geschenkt. Aber ein Steak wie hier bekommen Sie sonst nirgends in der Stadt. Die ausgefallene Steakhouse-Atmospähre stimmt heiter und hilft schnell gegen eine mögliche Endwochenend-Melancholie.

➔ FLATSCHERS

€€€ | 7. Bezirk | **flatschers.at** | **tgl. 17–1 Uhr** | **Kaiserstr. 113–115** | **Tel. 01 5 23 42 68**

TRATSCH UND KLATSCH MIT NIVEAU

Viele lokale Promis (zugegebenermaßen auch solche, die es noch werden wollen) halten hier regelmäßig Hof, um zwischen den tiefen roten Plüschbänken die neuesten Gerüchte auszutauschen. Das klassische, aber modern gestylte Kaffeehaus serviert Wiener Küche kreativ veredelt. Wie wäre es mit gefüllter roter Spitzpaprika mit Quinoa, Süßerdäpfel-Ingwer-Creme und Ziegenkäse zum Ausklang des Wochenendes?

➔ CAFÉ ENGLÄNDER

1. Bezirk | **cafe-englaender.com** | **Mo–Sa 8–1, So 10–1 Uhr** | **Postgasse 2** | **Tel. 01 9 66 86 65**

KUNST, KULTUR, KOST

Mögen Sie Kunst und Kultur? Und gutes Essen? Und haben Sie manchmal Lust, beides zu verbinden statt an einem Sonntagabend vor der Glotze zu hängen? Eine Möglichkeit wäre ein Ausflug ins MAK (Museum für Angewandte Kunst) in Verbindung mit einem richtig guten Essen im gefährlich gemütlichen Museumsrestaurant. Die Speisekarte ist ähnlich unberechenbar wie die ausgestellte Kunst: vom Eierspeisbrot bis zum Wolfsbarsch.

➔ SALONPLAFOND IM MAK

1. Bezirk | **salonplafond.wien/de** | **So–Do 10–24, Fr/Sa 10–1 Uhr** | **Stubenring 5** | **Tel. 01 2 26 00 46**

Steak mit Stil

und Pipapo bei Flatschers

Raus aufs Land!

BIBER, BOOT, BIBERBURG

Schon mal Biber beobachtet, die sich an einem Baumstamm zu schaffen machen und damit richtige Burgen bauen? Biberexpertin Barbara Mertin sitzt mit im Boot und klärt Sie über den Biberknigge auf. Während Sie durch die Donauauen paddeln, geht über Ihnen die Sonne unter. Und danach vielleicht noch eine schaurig-schöne Nachtwanderung durch die Au?

➔ NATIONALPARK DONAUAUEN

Orth | donauauen.at | Schloss Orth Nationalparkzentrum: April–Sept. tgl. 9–18, Okt. bis 17 Uhr | Tel. 02212 35 55

Tschüss, Beton, hallo, Frischluftkur!

2000 JAHRE IN EINER STUNDE

Eine gute Bahnstunde von Wien liegt Carnuntum, eine der ältesten römischen Siedlungen des Landes. Nehmen Sie ein Fahrrad mit und erkunden die Gegend, wo vor 2000 Jahren über 6000 Legionäre lebten. Mit den gut erhaltenen Resten des Militärlagers samt Amphitheater träumen Sie sich in die damalige Zeit. Salve!

➔ RÖMERSTADT CARNUNTUM

Niederösterreich | **carnuntum.at | März–Nov. tgl. 9–17 Uhr | Petronell Carnuntum | Tel. 02163 33770**

BLOSS DAS FLOSS

Picknick auf dem Wasser? Das geht mit der Gourmetfahrt der Crêperie auf der Alten Donau. Die Tour beginnt an der Promenadenbar mit einem Begrüßungsimbiss. Dann beladen Sie Ihr Floß: Tischgriller, Fisch (müssen Sie nicht selber fangen) und Drinks. Sie legen ab, werfen den Fisch auf den Grill, knacken ein Bier. Nur die Ruhe! Wenn Sie nach rund dreieinhalb Stunden wieder an Land sind und der Boden unter Ihren Füßen wankt, war es das Floß – keinesfalls die Drinks …

➔ GOURMETFAHRT MIT LA CREPERIE

21. Bezirk | **lacreperie.at | tgl. 10–24 Uhr, Floßfahrt 18 Uhr | 65 Euro/Pers. | An der Oberen Alten Donau 6 | Tel. 01 271 60 45**

SINNEN ÜBER VERGANGENES

Peter Handke liebt diesen Ort. Ethan Hawke und Julie Delpy liebten sich hier in »Before Sunrise«. Auf dem Friedhof der Namenlosen liegen Hunderte Unbekannte begraben, die von der Donau angeschwemmt wurden. Er ist mit dem Rad gut erreichbar, entlang der Donau zum Alberner Hafen, vorbei an bauchigen Getreidespeichern. Angekommen, können Sie eine Weile innehalten – oder ins Gasthaus Das Hopferl daneben übersiedeln.

➔ FRIEDHOF DER NAMENLOSEN

11. Bezirk | **friedhof-der-namenlosen.at | Nov.–Febr. tgl. 7–17, März, Okt. bis 18, April, Sept. bis 19, Mai–Aug. bis 20 Uhr | Führungen: Josef Fuchs, Tel. 0660 600 30 23**

FRISCH AUSSTEIGEN

Wenn Sie ab und zu mit dem Zug nach Graz oder Klagenfurt fahren, werden Sie den wunderschönen Bahnhof am Semmering schon kennen. Hatten Sie nie das Bedürfnis, einfach auszusteigen? Na dann. Schnellzüge halten hier nicht, mit den Bummellinien der ÖBB sind Sie aber in anderthalb Stunden dort. Machen Sie eine Wanderung zum Sonnwendstein mit Blick bis zum Neusiedlersee oder marschieren Sie einfach drauflos und machen irgendwo ein gemütliches Picknick im Wald.

➔ BAHNHOF SEMMERING

Niederösterreich | **semmering.at | Abfahrt mit der ÖBB, Wien Hauptbahnhof (ca. 1,5 Std.) | für genaue Wanderrouten s. Website**

AERO COFFEE

UNTERWEGS MIT …

… DEM SCHATZ 80

Ganz. Schön. Hässlich. 82

… DEN BESTEN FREUNDEN 84

… DEN SCHWIEGERELTERN 88

… DEN KLEINEN MONSTERN 90

Wieder Kind sein 92

… DER LIEBEN FAMILIE 94

… DER GANZEN VERWANDTSCHAFT 96

... DEM SCHATZ

Tisch für zwei, Kerzenschein inklusive

NUR DER FLUSS IST ZEUGE

Zu zweit am Fischerstrand, unten fließt die Alte Donau, oben leuchten Girlanden und langsam geht der Mond auf. Die Alte Kaisermühle eignet sich hervorragend für einen vertrauten Abend. Das kulinarische Angebot hat alle Klassiker der Wiener Küche zu bieten sowie Spareribs und Fisch vom Holzkohlegrill. Weil Liebe bekanntlich durch den Magen geht, sollten Sie unbedingt noch ein Dessert versuchen.

➔ ZUR ALTEN KAISERMÜHLE

22. Bezirk | kaisermuehle.at | tgl. 11.30–23 Uhr | Alte Donau, Fischerstrand 21a | Tel. 01 2 63 35 29

PARLEZ-VOUS FRANÇAIS?

Sie müssen natürlich nicht französisch parlieren können, wenn Sie mit Ihrem Darling in das Café der Provinz gehen. Aber ein paar Brocken schaden nicht – der Atmosphäre wegen. Das kleine Bistro liegt im Herzen des Achten, gleich vis-à-vis der Piaristenkirche. Die kann man im Sommer vom Gastgarten aus bewundern. Der Kaffee ist ein Traum, dazu werden wahlweise süße Crêpes oder Waffeln serviert. Aber auch für ein romantisches Mittagessen oder einen ausgedehnten Brunch sind Sie hier goldrichtig.

➔ CAFÉ DER PROVINZ

8. Bezirk | cafederprovinz.at | tgl. 8–23 Uhr | Maria-Treu-Gasse 3 | Tel. 01 9 44 22 72

SEHR SCHÖN UND SCHÖN TEUER

Das Café mit Garten und Blick über das Villenviertel ist ein heißer Tipp für verliebte Pärchen. Ein Hauch von Jahrhundertwende weht durch die gut erhaltene Anlage unter den herrlich grünen Bäumen. Im Salettl lässt es sich über das Leben zu zweit philosophieren. Das hat seinen Preis: Die Hausmannskost ist okay, aber dafür ziemlich kostspielig. Aber Hand aufs Herz: Achten Sie auf jeden Euro, wenn Sie verliebt sind?

➔ SALETTL PAVILLON

€€€ | 19. Bezirk | tgl. 6.30–1.30 Uhr | Hartäckerstr. 80 | Tel. 01 4 79 22 22

PICKNICK BEIM KIERLINGER

Draußen ist es warm und Sie möchten mit ihrem Augenstern im Grünen picknicken? Bei dem urigen Heurigen können Sie ab 30 Euro einen INSIDER TIPP Picknickkorb voller hausgemachter Köstlichkeiten ordern – inklusive Wasser und einer Flasche Nussecco. Dann steht einer Wanderung mit Einkehr an einem romantischen Platz Ihrer Wahl nichts mehr im Wege. Wichtig: Den Picknickkorb sollten Sie ein bis zwei Tage im Voraus bestellen.

➔ KIERLINGER

19. Bezirk | kierlinger.at | Aussteckkalender s. Website | Kahlenbergstr. 20 | Tel. 01 3 70 22 64

Auf die Liebe anstoßen im Le Troquet

EINE LEIDENSCHAFT, DIE PIZZA SCHAFFT

Hasi will es gerne so ausgefallen und verrückt wie möglich? Nicht verzweifeln. Steuern Sie die Disco Volante an. Diese Pizzeria ist so unvernünftig wie junge Liebe! Und das liegt nicht nur am Holzofen in Form einer riesigen Diskokugel. Für ein romantisches Tête-à-tête eignet sich dieses Lokal allerdings überhaupt nicht. Die Hungrigen stehen oft Schlange bis zur Straße. Dafür gibt es eine unfassbar gute Pizza mit hauchdünnem Boden und extravaganten Belägen – und einen hohen Coolness-Faktor.

➔ DISCO VOLANTE

6. Bezirk | disco-volante.at | Mo–Sa 12–24, So 12–23 Uhr | Gumpendorfer Str. 98 | Tel. 0664 1 95 25 45

FÜR DEN FALL DER FÄLLE

Sie, männlich, wissen nicht, wohin die Liebste ausführen? Le Troquet ist leicht zu finden, das Publikum bunt gemischt, man bekommt meist auch dann einen Platz, wenn man vergessen hat zu reservieren. Und das Piano hilft, wenn das Gespräch ins Stocken gerät. Spezialität des Hauses sind Croques. Im Sommer können Sie draußen sitzen. Der Abend ist gerettet!

➔ LE TROQUET

7. Bezirk | letroquet.at | Mo–Sa 11–2.30, So 17–1, Fei 17–2.30 Uhr | Kirchengasse 18 | Tel. 01 5 22 06 81

Ganz. Schön. Hässlich.

DER MÖRTEL STEHT DAZU

Nein, dem Einkaufszentrum des schrägsten Baumeisters Österreichs kann man beim besten Willen keine schönen Seiten abgewinnen. Die Lugner City ist eine ästhetische Beleidigung. Punkt. Und dennoch übt Mörtels Shoppingmall eine seltsame Faszination aus: Dem Erbauer war nichts peinlich und das verdient Anerkennung.

➔ LUGNER CITY

15. Bezirk | lugner.at | Gablenzgasse 3

... aber hat was!

BÖSE UND UNHEILVOLL

nennt der britische Künstler Eugene Quinn die Architektur des Ministeriums für Gesundheit. Auf seiner Liste der hässlichsten Gebäude Wiens belegt es einen Sonderplatz. Und doch wieder nicht. Die Trutzburg mit den roten Säulen ist so hässlich, dass sie schon wieder originell ist. Überzeugen Sie sich selbst!

➔ **BUNDESMINISTERIUM FÜR GESUNDHEIT**

3. Bezirk | bmgf.at | Radetzkystr. 2

NICHT NUR DAS ERINNERN IST HÄSSLICH

Die sechs Wiener Flaktürme wurden im Zweiten Weltkrieg für Fliegerabwehrgeschütze gebaut. Heute stehen die Betonklötze unverändert. Manchmal werden im Inneren Filme gedreht – weil es dort so gruselig ist. Auf den zweiten Blick muss man den Türmen aber durchaus einen gewissen ästhetischen Reiz zugestehen. Am interessantesten ist jener im beschaulichen Augarten, der von vielen Grafitti verziert ist. Ein lohnendes Motiv für Hobbyfotografen!

➔ **FLAKTURM IM AUGARTEN**

2. Bezirk | Augarten

OHNE DIESEN KASTEN WÄRE WIEN ÄRMER

Der Kasten aus Beton und trübem Glas ist eine Zumutung für das Auge. Auf der einen Seite rattert dauernd die U4 vorbei, auf der anderen fließt die dreckige Plörre des Donaukanals. Und doch wäre Wien ohne das Flex viel ärmer. Der abgefuckte Musikclub ist eine kulturelle Institution – nicht nur für Nachteulen und Musikliebhaber.

➔ **FLEX**

1. Bezirk | flex.at | Mo–Sa 17–6 Uhr | Augartenbrücke 1 | Tel. 01 5337525

IM BAUCH DES UNGETÜMS

Nicht nur war das Allgemeine Krankenhaus – dank eines Korruptionsskandals – viel zu teuer. Der vor 35 Jahren errichtete Komplex mit den beiden rostbraunen Aufbauten ist auch von atemberaubender Hässlichkeit. Wenn Sie dem Ungetüm aber (hoffentlich freiwillig) einen Besuch abstatten und sich in den labyrinthartigen Gängen im Bauch des Megaspitals treiben lassen: Faszinierend ist es schon …

➔ **ALLGEMEINES KRANKENHAUS DER STADT WIEN**

9. Bezirk | akhwien.at | rund um die Uhr geöffnet | Währinger Gürtel 18–20 | Tel. 01 404000

... DEN BESTEN FREUNDEN

Hier gibt's genug für alle

Cool Spot
für Hot Pot:
Mama Liu & Sons

ESSEN WIE GOTT IN JAPAN

Lassen Sie sich nichts anderes einreden: Mochi ist der beste Japaner Wiens. Daher sollten Sie jedes Gericht mindestens durch zwei teilen, um sich durch so viele Gänge wie möglich kosten zu können. Im Winter kann es in dem winzigen Lokal sehr eng und laut werden, im Sommer sitzen Sie dafür herrlich unter alten Bäumen. Bei mehr als drei Personen empfiehlt es sich, drei Wochen im Voraus zu reservieren. Es lohnt sich.

➔ MOCHI

€€€ | 2. Bezirk | mochi.at | Mo–Sa 11.30–22 Uhr | Praterstr. 15 | Tel. 01 9 25 13 80

13 STUNDEN

Herinnen fühlt man sich wie in einer alten, englischen Brauerei. 13 Stunden lang brutzelt das Fleisch im Smoker. Das schmeckt man. Dazu gibt's gefühlte hunderttausend Craft-Beer-Sorten. Highlight für die Männerrunde (und taugt auch den meisten Frauen): »Brickmaker's Platter« mit Ribs, Southern Fried Chicken, hausgemachten Würsteln und Beilagen (ab zwei Personen, 19,90 Euro/Pers.).

➔ THE BRICKMAKERS PUB & KITCHEN

7. Bezirk | brickmakers.at | Mo–Mi 16–1, Do/Fr 16–2, Sa 10–2, So 10–1 Uhr | Zieglergasse 42 | Tel. 01 9 97 44 14

COOL, COOLER, CHINESISCH

Das Mama Liu & Sons ist definitiv das coolste chinesische Lokal der Stadt. Warum auch immer: Die extrakühle Einrichtung und die traditionelle Wandmalerei passen zusammen. Entweder man bestellt – wie in China üblich – viele kleine Speisen, die geteilt werden, oder einen Hot Pot – ein chinesisches Suppenfondue. Die Zutaten werden in geselliger Runde direkt am Tisch zubereitet. Zur Auswahl stehen verschiedene Suppen von mild bis scharf und drei Sets: vegan, mit Fleisch oder Meeresfrüchten.

➔ MAMA LIU & SONS

6. Bezirk | mamaliuandsons.at | Di–Fr 17–24, Sa/So 12–24, Küche bis 22.30 Uhr | Gumpendorfer Str. 29 | Tel. 01 5 86 36 73

TAPAS. VIELE TAPAS.

Je mehr Freunde mit an Bord sind, desto besser. Dann können Sie die ganze Karte im Paco einmal rauf und einmal runter bestellen. Die Auswahl an Tapas in dem schicken Laden ist schier endlos. Das Highlight ist die Chorizo vom Iberico-Schwein. Und die Auswahl an süffigen spanischen Weinen ist auch nicht von schlechten Eltern.

➔ PACO

9. Bezirk | pacorestaurant.at | Di–Sa 11.30–1 Uhr | Nußdorfer Str. 7 | Tel. 01 8 90 37 85

KURZTRIP NACH TEL AVIV

Ihnen fehlen Zeit und Geld, um mit Ihren besten Freunden einen Kurzurlaub einzulegen? Das Miznon mitten im Ersten bietet eine günstige Alternative. Orientalisches Streetfood genießt man hier in aufgeweckter Atmosphäre, während die Beatles-Musik aus den Boxen für eine zusätzliche Portion guter Laune sorgt. Bei Lamm-Kebab und Ratatouille-Pita lassen sich so neue Pläne schmieden.

➔ MIZNON VIENNA

1. Bezirk | facebook: Miznon Vienna | Mo–Sa 12–22.30 Uhr | Schulterstr. 4 | Tel. 01 5 12 10 53

AB IN DEN SONNENUNTERGANG

Schnappen Sie Ihre Freunde und dann ab zur Alten Donau. Ein Sonnenuntergang in der Ufertaverne ist unbezahlbar. Dazu gibt es Grillplatten mit Fleisch, Fisch und Meeresfrüchten. Die sind bezahlbar, wenn auch nicht ganz billig: ab 38 Euro für zwei Personen. Die Ufertaverne hat nur im Sommer geöffnet. Unbedingt reservieren!

➔ UFERTAVERNE

€€€ | 22. Bezirk | ufertaverne.at | April tgl. 12–21, Mai–Aug. 9–24, Sept. 9–21 Uhr | An der Oberen Alten Donau 186 | Tel. 01 2 04 39 53

FAST WIE AN DER ADRIA

In Dalmatien ist das so: Wenn die Fischer abends müde sind, braten sie gemeinsam Fisch, trinken Wein und reden. Die Tavernen, in denen sie zusammenhocken, heißen Konobas. So ein Konoba mit reichlich Fisch gibt es auch in Wien. Für die Goldbrasse in Salzkruste braucht es mindestens zwei Personen, man zahlt pro Deka. Grandios auch die Fischplatte für zwei oder mehr Personen mit Orate oder Branzino-Blattspinat und Petersillienkartoffen. Genug gehört?

➔ KONOBA

8. Bezirk | konoba.at | tgl. 17–24 Uhr | Lerchenfelder Str. 66–68 | Tel. 01 9 29 41 11

ASIATISCH MAL ANDERS

Gemeinsam relaxen und chillen: nirgends besser als im Kaoo. Das Restaurant mit seiner eigenwilligen, hölzern-minimalistischen Einrichtung gehört seit drei Generationen zu den Platzhirschen des Soul Foods. Hausherrin Connie hält die Familientradition hoch: frische Zutaten, raffinierte Rezepte, die kulinarische Welten zwischen Japan und Vietnam vereinen mit etwas Lokalkolorit. Tipp: die Teigtaschen Bao Bahn – im Prinzip Germknödel mit exotischem Aroma: 5,90 Euro.

➔ KAOO

7. Bezirk | kaoo.at | Mo–Fr 11.30–22.30, Sa/So 12–22.30 Uhr | Kaiserstr. 48 | Tel. 01 5 22 30 32

STAMMTISCH RELOADED

Ein bisschen fühlt man sich als Runde im Gasthaus Automat Welt wie früher – als sich Freunde regelmäßig in einem gemütlichen Beisl zum Stammtisch trafen. Und auch doch wieder nicht. Denn diese Kneipe verbindet Altes und Neues, Einfachheit und Lässigkeit zu einem hippen Ganzen. Die Speisekarte ist ein Sammelsurium raffiniert verfeinerter Klassiker: von Käsekrainern über faschierte Laibchen bis Blunzengröstl. Und das Bier ist fein gezapt!

➔ GASTHAUS AUTOMAT WELT

2. Bezirk | automat-welt.at | tgl. 16–24, Küche bis 22, Schanigarten bis 23 Uhr, Aug. Sa geschl. | Am Volkertplatz/Ecke Ruppasse 19 | Tel. 0650 5 44 59 39

Sommer, Donau!
Essen mit Blick in der Ufertaverne
.PARTYBOOT.AT

… DEN SCHWIEGER-ELTERN

Maria, der Schwiegermutter schmeckt's doch!

Alle sind seelig im Schwarzen Kameel

ZEIG' MAL!

Sie wollen angeben? Dann führen Sie die Schwiegereltern ins Steirereck aus. Berühmt sind die Käsespezialitäten aus aller Herren Länder. Es gibt auch ein Mittagsmenü. Von der Terrasse aus haben die Schwiegermonster einen schönen Blick auf den Stadtpark. Hach! Wenn es eine Preisklasse darunter auch tut, essen Sie INSIDER TIPP in der dazugehörenden Meierei günstiger.

STEIRERECK

€€€ | 3. Bezirk | steirereck.at | Mo–Fr 11.30–14.30 und ab 18.30 Uhr | Meierei Mo–Fr 8–23, Sa/So 9–19 Uhr | Am Heumarkt 2a (im Stadtpark) | Tel. 01 7 13 31 68

FRISCH IST NICHT NUR FISCH

Früher war es tatsächlich ein Fischerhaus. Heute erinnert in dem schicken Lokal nur der riesige alte Holzherd an die Vergangenheit. Es gibt nicht nur Fisch, sondern auch allerhand andere Köstlichkeiten wie Schweinsbraten oder Ente. Alles aus biologischem Anbau und frisch zubereitet.

FISCHERHAUS

€€€ | 19. Bezirk | fischerhaus.co.at | Fr–So/Fei 12–24 Uhr | Rohrerwiese 223 | Tel. 0664 4 88 81 54

AUF DIE WIRTIN KOMMT ES AN

Stefanie Herkner gilt als lustigste und liebevollste Wirtin Wiens. Und die Herknerin kommt mit jeder Situation zurecht – auch mit Schwiegereltern. Dazu kredenzt sie traditionelle Köstlichkeiten aus Omas Küche: Griesnockerln, Erdäpfelgulasch oder serbische Krautrouladen. Wenn Ihnen die Schwiegereltern zur Qual werden, wenden Sie sich vertrauensvoll an sie!

ZUR HERKNERIN

4. Bezirk | zurherknerin.at | Di–Fr 17–22 Uhr | Wiedner Hauptstr. 36 | Tel. 0699 15 22 05 22

SOLLEN SIE IHREN TAFELSPITZ HABEN!

Machen Sie Ihren Schwiegereltern halt die Freude und gehen Sie mit ihnen zu einem der beiden Tafelspitz-Plachuttas. Dort wird dieses Rindfleischspezialität stilecht in einer Kupferkanne serviert, mit Apfelkren, gekochtem Wurzelgemüse, Lauch und Rösterdäpfeln. So wie früher – als Sie noch gar nicht auf der Welt waren.

PLACHUTTA

€€€ | 1. Bezirk | plachutta.at | tgl. 11.30–24 Uhr | Wollzeile 38 | Tel. 01 5 12 15 77
13. Bezirk | Mo–Fr 11.30–15, 18–23.30, Sa/So/Fei 11.30–23.30 Uhr | Auhofstr. 1 | Tel. 01 8 77 70 8 70

WER SUCHET, DER FINDET

Wohin gehen, wenn es heißt: »Lasst uns doch mal was Neues ausprobieren«? Die Garage01 gilt als kulinarischer Geheimtipp. Zum einen ist das schicke Lokal mit den großen Glasfronten noch recht neu, zum anderen liegt es etwas versteckt in den Viaduktbögen. Die pfiffige Karte kredenzt Speisen aus aller Welt mit Zutaten von regionalen Zulieferern. Und das zu durchaus moderaten Preisen.

GARAGE01

3. Bezirk | garage01.at | Di–Sa 12–24 Uhr, Fei geschl. | Radetzkyplatz, Viaduktbogen 5 | Tel. 01 3 08 45 03

WO SICH SCHWIEGERPAPA WIE EIN KÖNIG FÜHLT

Hier ist der Gast König – das gilt auch für den Schwiegerpapa. Beim prachtvollen Interieur des 400 Jahre alten Traditionshauses, in dem das Schwarze Kameel einquartiert ist, bleibt ihm garantiert der Atem weg. Im Feinschmeckerrestaurant werden klassische Wiener Speisen ebenso wie internationale auf hohem Niveau zubereitet. Berühmt ist das Kameel allerdings für seine exzellenten belegten Brote.

ZUM SCHWARZEN KAMEEL

€€€ | 1. Bezirk | kameel.at | tgl. 8–24 (Küche 12–23) Uhr | Bognergasse 5 | Tel. 01 5 33 81 25

… DEN KLEINEN MONSTERN

Lara will nicht aus dem Pommes-Paradies abgeholt werden

NACHOS NASCHEN

Auch wenn Mexikanisch nicht ganz oben auf Ihrer Speisehitliste stehen sollte, das Al Chile werden Sie lieben – und Ihre Kinder erst recht. Das Essen ist, ob Nachos oder Enchiladas, lecker und hausgemacht. Montags gibt es nur Veganes. Für die Kids ist ausreichend Platz in der eigenen Spiel-, Mal- und Leseecke, **INSIDER TIPP** jeden Sonntag gibt es eine eigene Kinderbetreuung mit wechselndem Programm.

➔ AL CHILE

6. Bezirk | al-chile.info | Mo–Sa 12–22, So 10–22, Kinderbetreuung So 11–13 Uhr (5 Euro, Anmeldung erforderlich) | Gumpendorfer Str. 71 | Tel. 01 9457698

BASTELN BEI BIENENEIS

Die Hüpfburg ist riesig, das Essen kindergerecht (von der Eisbiene bis zum Kinderschnitzel) und all das mitten im Prater. Regelmäßig finden Kinderevents mit Schminken und Basteln statt. Alles klar? Die Kids werden es Ihnen danken.

➔ RESTAURANT LUFTBURG

2. Bezirk | kolarik.at/places/kolariks-luftburg | Mo–Sa 11–23, So 10–22 Uhr | Tel. 01 7294999301

EINMAL AUSTOBEN FÜR GROSS UND KLEIN

Vor allem im Sommer ist das Hietzinger Gasthaus Lindwurm die perfekte Wahl für Kinder mit Eltern im Schlepptau. Während sich die Nichtstillsitzenwoller gemeinsam mit anderen auf dem riesigen Spielplatz nahe dem Waldrand auspowern, dürfen die Ausgewachsenen im schattigen Gastgarten in Ruhe ein Bier trinken. Aber keine Sorge, sie bleiben stets im Blickfeld, schließlich muss man die Eltern im Auge behalten, damit sie nicht zu tief ins Glas schauen …

➔ GASTHAUS LINDWURM

13. Bezirk | gasthaus-lindwurm.at | Sa–Do 9.30–23 Uhr | Ghelengasse 44 | Tel. 01 8797704

Na klar!
Al Chile ist mexikanisch

KINDERN UND ANDEREN WAS GUTES TUN

Es gibt nichts Gutes, außer man tut es. Und dafür ist man nie zu jung. Im Inigo lernen schon die Kleinsten soziale Verantwortung: In diesem besonders kinderfreundlichen Lokal werden Langzeitarbeitslose beim Wiedereinstieg in die Arbeitswelt unterstützt. Das Personal ist immer gut gelaunt, die Atmosphäre gemütlich, das Essen weitgehend regional und bio.

➔ INIGO

1. Bezirk | Mo–Sa 9.30–23.30 Uhr | Bäckerstr. 18 | Tel. 01 5 12 74 51

TOLL ZUM TOLLEN

Sie haben Lust auf etwas Vegetarisches, das Wetter ist schön und die Kinder verlangen nach Auslauf? Ab ins Deli Bluem am Hamerlingplatz. Wetten, dass keinem im schmackhaften veganen Essen das Fleisch fehlt? Auch der Kaffee ist ausgezeichnet und gleich neben dem feinen Schanigarten gibt es einen Kinderspielplatz, bei dem die Kleinen nach Herzenslust herumtollen können. Und in der kaltem Jahreszeit wartet drinnen ein Kinderraum.

➔ DELI BLUEM

8. Bezirk | delibluem.com | Mo–Fr 9–17, Sa/So 9–18, Fei 10–15 Uhr | Hamerlingplatz 2 | Tel. 01 8 90 04 49

HIER DARF ES AUCH LAUT WERDEN

Steuern Sie mit Ihrem Nachwuchs das Mukusal Krabbel-Café an, dann können Sie sich die Sorge schenken, ob das Essen wohl kindgerecht sei. Ist es und noch dazu bio und vegan. Das etwas andere Kaffeehaus bietet nicht nur Spielecken für die Allerkleinsten, sondern auch flexible Kinderbetreuung zum Unkostenpreis. Damit Sie sich auch noch einen Kaffee gönnen können.

➔ MUKUSAL KRABBEL-CAFÉ

18. Bezirk | mukusal.at | wechselnde Öffnungszeiten s. Website | Staudgasse 26 | Tel. 0664 9 40 36 78

Zu alt dafür? Von wegen!

Wieder Kind sein

GLÜCKLICH ANFANGEN

Vinylplotter und CNC-Fräse – noch nie gehört? Macht nichts. Mit diesen digitalen Produktionsmaschinen können Sie Ihre kreativen Ideen sofort selbst umsetzen. Bloß keine Berührungsängste! Mittwochs gibt es INSIDER TIPP Erstbesucher-Führungen durch die Hightech-Werkstatt.

➔ HAPPY LAB

2. Bezirk | happylab.at | Führungen Mi 19 Uhr | Haussteinstr. 4/2 | Tel. 01 30 84 66 60

DIE GANZE STADT EIN SPIELPLATZ

Immer noch verspielt und neugierig wie ein junger Hund? Play:Vienna bietet Abenteuerspiele für Erwachsene an – quer durch die Stadt. Sie flüchten vor Zombies, decken Verschwörungen auf, werden zu Geheimagenten. Angebote für Rollstuhlfahrer und richtige Kinder. Eintritt frei!

➔ **URBAN GAME CLINIC**

6. Bezirk | **playvienna.com** | **April–Okt. (manchmal auch im Winter) 3. Di im Monat 19 Uhr, Termine s. Website** | **Museumsquartier** | **kein Tel.**

MONTEZUMA AUF DER SPUR

Der Atztekenherrscher hoffte, in der Pyramide des viergesichtigen Gottes das ewige Leben zu finden. Es heißt, er habe nach dem Tod seinen Sarkophag verlassen. Dichtung oder Wahrheit? Lösen Sie dieses und andere Rätsel gemeinsam mit Freunden. Aber Vorsicht: Es gibt auch eine andere Gruppe, die dem Geheimnis auf der Spur ist. Sechs Indoor-Abenteuerspiele für Erwachsene. Ideal für Regentage.

➔ **TIME BUSTERS**

2. Bezirk | **time-busters.at** | **Mo–Fr 16–22, Sa/So/Fei 11–22 Uhr** | **ab 138 Euro für 6 Pers.** | **Rembrandtstr. 24** | **Tel. 01 382 00 03**

TARZAN UND JANE SEIN

Haben Sie als Kind auch davon geträumt, sich mit Lianen durch den Dschungel zu schwingen? Ach, machen wir uns nichts vor: Das Kind in uns wird immer noch ganz hibbelig bei dem Gedanken, wie ein Eichhörnchen hoch über den Wipfeln herumzuturnen. Am Kahlenberg gibt es einen riesigen Waldseilpark, bei dem Sie sich einmal so richtig austoben können.

➔ **WALDSEILPARK KAHLENBERG**

19. Bezirk | **waldseilpark-kahlenberg.at** | **Fr–So 10–18 Uhr** | **Josefsdorf 47** | **Tel. 01 320 04 76**

BROT GIBT'S SPÄTER

Ob Bingo, Monopoly oder eines von hundert anderen Gesellschaftsspielen: Die gemütliche Kneipe im Achten ist die erste Adresse für Verspielte in Wien. Irgendwer findet sich immer, der Lust auf eine Runde Trivial Pursuit hat. Auch werden regelmäßig Gruppenspiele veranstaltet. Und wenn Sie spätnachts der Hunger überkommt: Das Essen ist hier nicht zu verachten.

➔ **BROT UND SPIELE**

8. Bezirk | **brot-spiele.co.at** | **tgl. 18–2 Uhr** | **Laudongasse 22** | **Tel. 01 403 74 97**

… DER LIEBEN FAMILIE

Essen gehen mit Kind und Kegel

IM 8. HIMMEL

Kennen Sie Ihren Lebensbaum? Den können sie im Himmel erfragen, der hoch über Döbling liegt. Dort gibt es einen Erlebnispark mit Lebensbäumen für jedes Geburtsdatum. Wenn Sie dran glauben: fein. Wenn nicht, haben Sie anschließend im Oktogon trotzdem etwas zu reden. Das sonnendurchflutete Restaurant hat die Form eines Achtecks: ziemlich imponierend – auch als kulinarisches Highlight eines kleinen Ausflugs mit der ganzen Familie. Egal, ob für einen Brunch oder ein ausgiebiges Abendessen.

➔ **OKTOGON AM HIMMEL**

€€€ | 19. Bezirk | himmel.at | Mi–Fr 12–22, Sa/So 11–22 Uhr | Himmelstr. 125 | Tel. 01 3 28 89 36

SONNE, MOND UND CHEESECAKE

Ein Café mit Namen Himmelblau muss einfach gemütlich sein. Mit seiner Lage mitten am Kutschkermarkt ist es Treffpunkt für Jung und Alt, Omas und Papas, Studierende wie Touristen. Im familiengeführten Betrieb sind auch kleine Gäste mehr als willkommen. Dabei ist das Interieur mindestens genauso zuckersüß wie die zahlreichen Mehlspeisen. Doch auch herzhafter Hunger wird gestillt, z. B. mit Gnocchi al Ragú. Sie können auch gleich die ganze Familie zum INSIDER TIPP Workshop anmelden, nach dem Motto: stricken, kochen, mitmachen!

➔ **CAFÉ HIMMELBLAU**

18. Bezirk | himmelblau18.at | Mo–Fr 8–21, Sa/So 8–18 Uhr | Kutschkergasse 36 | Tel. 0660 7 74 14 10

WIRTSHAUS FÜR JEDERMANN

Plachutta muss nicht teuer sein. Das preiswerteste Lokal der Gastronomen-Familie ist zugleich das urigste. Das Grünspan in Ottakring ist ein traditionelles Wiener Wirtshaus mit exzellenter Hausmannskost für Groß und Klein. Und wenn Sie danach noch etwas Ruhe vor den kleinen Monstern haben möchten: Kein Problem, draußen gibt es einen Spielplatz.

➔ **GRÜNSPAN**

16. Bezirk | gruenspan.at | tgl. 9.30–0.30, Küche bis 23 Uhr | Ottakringer Str. 266 | Tel. 01 4 80 57 30

DIE SCHULBANK DRÜCKEN

Nehmen Sie mit der ganzen Familie im Hildebrandt Café auf Stühlen Platz, die einst im Lycée Français im Einsatz waren. Und erklären Sie dem Nachwuchs, warum die passenden Pulte Löcher fürs Tintenfass haben. Der Mix aus Alt und Neu ist im Café des Volkskundemuseums so stimmig, dass sich alle sofort rundum wohlfühlen. Neben der himmlischen Cioccolata Caprese sind auch die Hauptspeisen eine Wucht!

➔ HILDEBRANDT CAFÉ

8. Bezirk | **hildebrandt.cafe** | **Mai–Sept. Di–So 10–22, sonst Di/Mi, Fr–So 10–18, Do 10–20 Uhr** | **Laudongasse 15–19** | **Tel. 01 4068905 10**

HUNGER NACH SCHAUSPIEL?

Eigentlich geht es im Dschungel Wien um Theater: Das Schauspielhaus im Museumsquartier fordert und fördert junge Talente von 2 bis 25 Jahren. Weil aber auch die Filmstars der Zukunft Hunger haben, gibt es gleich daneben ein extragemütliches Lokal, das auf die Wünsche von Groß und Klein eingeht. Empfehlenswert auch für Nicht-Schauspieler!

➔ DSCHUNGELCAFÉ

7. Bezirk | **dschungel-cafe.at** | **Di–Sa 9–21, So/Mo 9–19 Uhr** | **Museumsplatz 1** | **Tel. 01 522 07 20 50**

GRÜNZEUG FÜR ALLE

Der Familienrat hat sich also für Vegetarisch entschieden. Dann am besten ins Restaurant Naturkost St. Josef. Drinnen ist es gemütlich, draußen lockt im Sommer ein lauschiger Schanigarten mit Freiraum für die kleineren Besucher. Das Essen ist abwechslungsreich mit einer großen Auswahl an Mittagsmenüs und Suppen. Hier kommen alle auf ihre Rechnung!

➔ NATURKOST ST. JOSEF

7. Bezirk | **facebook: Naturkost St. Josef** | **Mo–Fr 8–16 Uhr** | **Zollergasse 26** | **Tel. 01 526 68 18**

Raum zum Träumen

im Himmelblau

... DER GANZEN VERWANDTSCHAFT

Feste feiern, wo Platz für alle ist

(FAST) NOCH EIN GEHEIMTIPP

Vereinzelt verirren sich zwar auch Touristen in diesen extrem urigen Innenstadt-Heurigen. Noch geht der Zwölf Apostelkeller aber als Geheimtipp für größere Runden durch – inklusive feiner Angebote: INSIDERTIPP knuspriges Spanferkel im Ganzen für 10–25 Leute mit Serviettenknödeln, Bratkartoffeln und grünem Salat für 500 Euro.

➔ ZWÖLF APOSTELKELLER

€€€ | 1. Bezirk | zwoelf-apostelkeller.at | tgl. 11–24 Uhr | Sonnenfelsgasse 3 | Tel. 01 5 12 67 77

ES PFEIFT DIE HAUSMANNSKOST

Sie suchen einen richtig großen Tisch für eine mittelgroße Runde, in einer richtig urigen Location mit richtig gutem Essen? Egal, ob in der Altwiener Gaststube mit dem Kachelofen oder im Sommer im Schanigarten unter Linden: Im Gasthaus Quell zeigt sich die Wiener Gastwirtschaft von ihrer besten Seite. Nicht verzagen, wenn die Bestellung etwas länger dauert: Das Warten auf die Hausmannskost zahlt sich aus. Das Gulasch ist stadtberühmt und wohlfeil.

➔ GASTHAUS QUELL

15. Bezirk | gasthausquell.at | Mo–Fr 11–24 Uhr | Reindorfgasse 19 | Tel. 01 8 93 24 07

DAS HAUSBIER GIBT DEN AUSSCHLAG

Der Name täuscht: Ganz so billig, wie man denkt, ist das Essen im Bettelstudent nicht. Das klassisch Wienerische Bierlokal bietet aber üppige Hausmannskost mit großen Portionen zu moderaten Preisen – und mit seinen extragroßen Tischen jede Menge Platz für größere Runden. Aber, der Wahrheit sei's geschuldet: Eigentlich geht man wegen des exzellenten Hausbiers hin.

➔ BETTELSTUDENT

1. Bezirk | bettelstudent.at | So–Di 11–24, Mi/Do 11–1, Fr/Sa 11–3 Uhr | Johannesgasse 12 | Tel. 01 5 13 20 44

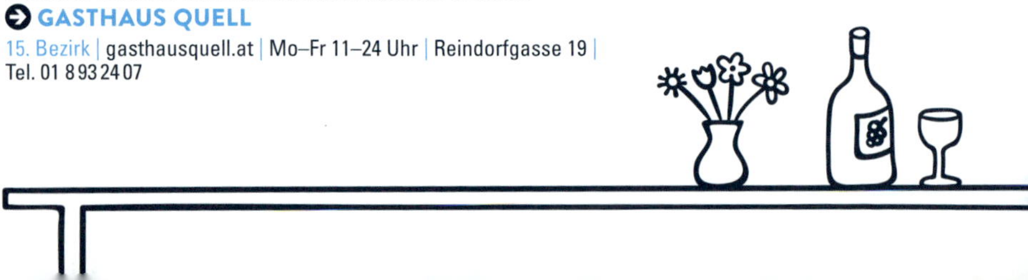

Kennen Sie den?

Gehen zwölf Apostel in den Keller ...

GEMEINSAM SCHREBERN

Die Schrebergartensiedlung »Zur Zukunft« ist eine grüne Oase mitten im dicht bebauten Fünfzehnten. Ihr Zentrum ist das gleichnamige Schutzhaus mit seinem herrlichen Gastgarten für größere Runden. Hier wird nicht nur deftige Wiener Hausmannskost geboten, sondern auch feine Unterhaltung in Form von Konzerten und Kabaretts. Gemeinsam lacht es sich besser.

➔ **SCHUTZHAUS ZUR ZUKUNFT**

15. Bezirk | schutzhaus-zukunft.at | Öffnungszeiten je nach Saison, s. Website | Auf der Schmelz/Guntherstraße | Tel. 01 982 01 27

HANS MOSER AM NACHBARTISCH

Lust auf eine Heurigentour mit der ganzen Rasselbande? Eine gute Wahl ist das Schübel-Auer am Fuße des Kahlenberges. Im alten Winzerhaus fühlt man sich wie aus der Zeit gefallen. Ganz so, als ob Hans Moser gleich vorbeikommen würde. Das Beste ist aber: Es gibt Platz, viel Platz – vor allem im Heurigengarten. Ob Sie nun dort eine richtig große Sause mit 150 Leuten machen wollen oder nur mit den zehn besten Bekannten: Ihre Entscheidung.

➔ **SCHÜBEL-AUER**

€€€ | 19. Bezirk | schuebel-auer.at | Di–Sa 15.30–24, So 14–23 Uhr | Kahlenberger Str. 22 | Tel. 01 370 22 22

IM KELLER FINDEN ALLE PLATZ

Der rustikale Gewölbekeller im Highlander schluckt auch die größte Gruppe. Oben ist das Lokal ein interessantes Zwischending aus Beisl mit heimischer Bio-Küche und tollem Gastgarten unter alten Bäumen. Perfekt auch für größere Veranstaltungen: ob Geburtstagssause oder Firmenfeier.

➔ **THE HIGHLANDER**

9. Bezirk | the-highlander.at | So–Do 11–24, Fr/Sa 11–1 Uhr | Sobieskiplatz 4 | Tel. 01 315 27 94

FÜR WELCHEN HUNGER DARF'S WAS SEIN?

RIESENKOHLDAMPF 100

GUT FÜR DIE FIGUR 104

Kill die Kilos! 106

SO RICHTIG GESUND 108

SEELENFUTTER 110

Dumm gelaufen 112

SCHNELLER SNACK 114

LOKALE LOKALE 116

ECHT EXOTISCH 120

Weltreise in Wien 124

RIESEN-KOHLDAMPF

Hier wird garantiert jeder pappsatt

Wirklich satt

werden alle im Centimeter

REKORDVERDÄCHTIGER RIESENBURGER

Wenn Sie einen großen Magen und ein Faible für Hüttengaudi plus Biergarten haben, dann sind Sie hier richtig. In der Leopoldauer Alm gibt's nicht nur Schnitzel, Burger oder Backhendl – allesamt XXL, sondern auch Thementage wie »Knödel Kirtag« oder »Ribs– all u can-eat« für 13,90 €. Das absolute Highlight ist die INSIDER TIPP »Mistgabel des Schreckens« um 68 Euro für vier Personen. Stichwort: allerhand Gebackenes.

➔ LEOPOLDAUER ALM

21. Bezirk | leopoldaueralm.at | tgl. 9–24 Uhr | Wagramer Str. 205 | Tel. 01 2 59 83 80

SCHEIBTRUHENWEISE ESSEN

Nahezu idyllisch gelegen in einer winzigen Seitengasse mit kleinem Gastgarten ist das vielleicht schönste Lokal der Wiener Centimeter-Kette (und eines der vier letzten, die noch existieren). Das legendärste Angebot für Vielesser ist die »Scheibtruhe voll Mist« mit Putenschnitzel, Grillkotelette, Eiernockerl, Bauernnockerl, Centimeterfleckerl, Pommes, Bratwürsten. Vier Personen zahlen insgesamt nur 49 Euro. Als Vorspeise harmoniert die Zweimeterwurst um 9,20 Euro sehr gut. Dazu trinkt man am besten eine 5-Liter-Zapfsäule Bier.

➔ CENTIMETER

8. Bezirk | centimeter.at | tgl. 8.30–24 Uhr | Lenaugasse 11 | Tel. 01 4 70 06 06 41

REINHAUEN WIE EIN HOLZHACKER

Ein außergewöhnlich gutes Preis-Leistungs-Verhältnis hat die Restaurantkette Brandauer. Beispiel gefällig? Zwei Stück Holzhackersteak vom Schopf mit Ofen-Erdäpfeln, Grillgemüse und Spiegelei um 13,80 Euro. Beliebtester und modernster Standort ist das große Lokal auf zwei Ebenen in den U-Bahn-Bögen mit freundlicher, schneller Bedienung und sagenhafter Auswahl an Biersorten – Highlight ist das Selbstgebraute. Und der riesige Gastgarten im Sommer.

➔ BRANDAUERS BIERBÖGEN

19. Bezirk | bierig.at | tgl. 11.30–15 Uhr | Heiligenstädter Str. 31 | Tel. 01 3 67 68 69

SATT FÜR UNTER ZEHN EURO

Hier sind nicht nur die Cocktails günstig. Auch das Essen ist fast geschenkt: Im Sly & Arny bezahlen Sie für eine im Holzofen gebackene INSIDER TIPP Pizza Margherita gerade einmal 4 Euro, der Elvis-Burger mit Beef, doppelt Speck, Käse und hausgemachten Pommes kommt auf schlappe 5 Euro. Und es schmeckt!

➔ SLY & ARNY

9. Bezirk | foodbar.at | So–Do 18–1, Fr/Sa 18–2 Uhr | Lackierergasse 5 | Tel. 01 4 05 04 58

DER PREIS? ENTSCHEIDEN SIE.

Gut, am Ende entscheidet ohnehin das eigene Gewissen über den Preis. Damit lohnt sich das Pay-as-you-wish-Prinzip bei All-you-can-eat für das Team vom Wiener Deewan. Aber die Idee ist sympathisch und man wird garantiert satt. Die Auswahl an pakistanischen Currys mit Gemüse, Huhn, Rind und Lamm ist außergewöhnlich. Durch die Nähe zur Hauptuni ist das Publikum ziemlich jung.

➔ DER WIENER DEEWAN

9. Bezirk | deewan.at | Mo–Sa 11–23 Uhr | Liechtensteinstr. 10 | Tel. 01 9 25 11 85

PORTIONEN WIE DAMALS

Das Gasthaus Kopp in der Brigittenau ist seit 50 Jahren stadtbekannt für seine gute, preiswerte Küche. Hier gibt's echte Hausmannskost in üppigen Portionen zu Vorstadtpreisen. Etwa das supersaftige Schnitzel – je nach Hunger als Tellerschnitzel (ein Stück) und normales Schweinswiener (zwei Stücke) – mit Erdäpfelsalat für weit unter 10 Euro.

GASTHAUS KOPP

20. Bezirk | **gasthaus-kopp.at** | **Mi–Mo 6–24 Uhr** | **Donaueschingenstr. 28** | **Tel. 01 3 30 43 92**

AM LAUFENDEN BAND

Hausherr Richard Lugner nennt das Okiru in der Lugner City sein Lieblingslokal. Der Japaner liefert Sushi und andere asiatische Spezialitäten vom Fließband. Das heißt, Sie dürfen zugreifen, so oft Sie wollen. Der Preis liegt zwischen 13 und 18 Euro je nach Tages- und Wochenzeit. Das Lokal ist gut besucht und das Essen somit immer frisch zubereitet.

OKIRU

15. Bezirk | **okiru-gablenzgasse.eatbu.com** | **tgl. 11–23 Uhr** | **Lugner City, Gablenzgasse 1–3** | **Tel. 01 971 25 44**

BLOSS NICHT MECKERN

Die schlechte Nachricht: Der Wirt reagiert recht säuerlich auf Kritik an seinem Essen. Die gute: Es gibt nach menschlichem Ermessen keinen Grund zu Meckern. Das geräumige, urig eingerichtete Lokal an der Speisinger Verbindungsbahn überzeugt mit preiswerter Hausmannskost und großzügigen Portionen, bei denen wirklich jeder satt wird. Versuchen sie unbedingt den Tafelspitz! Im Sommer locken die Kastanienbäume in einem der schönsten Gastgärten Wiens.

WALDTZEILE

13. Bezirk | **waldtzeile.co.at** | **Di–Sa 11.30–22, So/Fei 11.30–15 Uhr** | **Speisinger Str. 2** | **Tel. 01 804 53 94**

BIS ZUM PLATZEN

Das Angebot im Ebi kann man einfach nicht ausschlagen: Nach dem Motto »all you can eat à la carte« dürfen Sie für rund 21 Euro die Speisekarte rauf und runter bestellen, worauf auch immer Sie Lust haben. Hinzu kommt ein Buffet, das Sie zusätzlich erobern können. Aber Achtung: Die Augen sollten nicht größer als der Magen sein. Denn bleibt zu viel auf dem Teller, muss draufgezahlt werden. Die Qualität ist top, die große Auswahl rechtfertigt den Preis.

INSIDER TIPP Zum Lunch unter der Woche kostet der Spaß sogar nur 14 Euro.

EBI

1. Bezirk | **ebi-vienna.at** | **tgl. 11–22 Uhr** | **Teinfaltstr. 9** | **Tel. 01 532 96 17**

Deftigen Hunger
nachhaltig stillen

GUT FÜR DIE FIGUR

Bikini sitzt und trotzdem satt

ULTRALEICHT IM TURBOGANG

Wenn Sie trotz Hunger die Couch nicht verlassen möchten, können Sie sich eine garantiert nicht dick machende Stärkung nach Hause bestellen. Wenn schon Fast Food, dann *low carb* und (fast) ohne Fett: etwa Mexican Taco-Salat mit gegrilltem Huhn, Eisbergsalat, Tomaten und kalorienarmem Käse. Jedoch zahlt sich auch ein Besuch in einer der gemütlichen ›Gesundheitsküchen‹ sehr aus.

➔ HEALTH KITCHEN

1. Bezirk | myhealthkitchen.com | Mi–Sa 9–23, So 9–18 Uhr | Wollzeile 31 | Tel. 0664 3 45 62 93
7. Bezirk | Mo–Sa 9–22, So/Fei 9–18 Uhr | Zollergasse 14 | Tel. 0664 1 78 55 02

KUNST UND GEMÜSE

So stylish kann gesund sein. Die Hollerei ist ein verspieltes Bistro mit viel Kunst an den Wänden. Im Sommer lockt der blickdichte Gastgarten. Hier kommen ausschließlich vegetarische und vegane Gerichte aus frischen, saisonalen Lebensmitteln, vorwiegend aus Bio-Anbau auf den Tisch. Die leichten Speisen sind von der Küche Asiens und des Mittelmeerraums inspiriert. Neben Thai-Curry oder Risotto stehen auch vegane Menüs auf der Karte.

➔ HOLLEREI

15. Bezirk | Mo–Fr 11–23, Sa 9–23, So 9–15 Uhr | Hollergasse 9 | Tel. 01 8 92 33 56

EINE BOWL VOLL SOMMER

Farbenfrohe Reisschüsseln, angereichert mit all dem, worauf Sie Lust haben (sollten)! Bei Honu Tiki Bowl stehen zahlreiche gesunde und kalorienarme Superfoods zur Wahl, daraus dürfen Sie im Baukastensystem Ihre eigene Bowl bauen. Das Konzept stammt aus Hawaii, garantiert ein einzigartiges Geschmackserlebnis und lockt zu Recht viele Figurbewusste. Zudem sind die fertigen Bowls super fotogen. Da freut sich Ihr Instagram-Feed.

➔ HONU TIKI BOWL

1. Bezirk | honu.at | Mo–Fr 11.30–20 Uhr | Teinfaltstr. 4 und Schultergasse 2 | Tel. 068 03 20 97 97

BOXENSTOP FÜR ÖKOS

Das Prinzip funktioniert so: Boxgröße auswählen und an der üppigen Salatbar befüllen. Die überraschenden Kreationen (alle vegetarisch, die meisten sogar vegan) wechseln wöchentlich und reichen von geschmorten roten Rüben mit Walnüssen über Brotsalat bis zu Babyspinat mit Erdbeeren und Ziegenkäse. Wer etwas Warmes möchte, findet auch ein Angebot an Suppen und Currys. Das Konzept ist auf Take-away ausgelegt, es gibt aber auch einige Sitzplätze.

➔ SALADBOX

1. Bezirk | saladbox.at | Mo–Fr 11–14 Uhr | Färbergasse 10 | Tel. 01 5337825

SUSHI MIT SAIBLING

Aufräumen mit Vorurteilen: Fast Food muss nicht heiß und fettig sein und Sushi nicht exotisch. Das beweist das Take-away-Lokal Miss Maki. Statt mit Fisch aus Übersee werden die Reisrollen mit heimischen Köstlichkeiten gefüllt: von Zander bis zu Saiblingskaviar. An der Theke können Sie sich eigene Kreationen mixen. Warum nicht mal ein Wildschwein-Maki?

➔ MISS MAKI

1. Bezirk | missmaki.at | Mo–Fr 11–15, 18–21 Uhr | Neuer Markt 8a | Tel. 0664 4258091

WOHL BEKOMM'S!

Leider ist die Suppenwirtschaft längst kein Geheimtipp für Kalorienbewusste mehr – daher ist der Andrang auch entsprechend groß. Mit etwas Glück ergattern Sie einen der wenigen Plätze, im Sommer kann man auch draußen sitzen. Die Speisekarte dreht sich (fast) nur um Suppen in allen Variationen, Sie bekommen aber auch Currys und Salate. Der Schwerpunkt liegt dabei auf saisonaler und regionaler Küche.

➔ SUPPENWIRTSCHAFT

9. Bezirk | suppenwirtschaft.at | Mo–Fr 11.30–16 Uhr | Servitengasse 6 | Tel. 01 3176745

Kill die Kilos!

Kaumuskel trainiert? Nun folgt der Rest!

KILOS PURZELN

Sagen Sie bloß nicht Zirkeltraining dazu! Mit den faden Gymnastikübungen lässt sich Crossfit nur bedingt vergleichen. Kaum zu glauben, wie viel Spaß es machen kann, mit dem richtigen Trainer Klimmzüge zu machen oder Medizinbälle zu werfen. Im Crossfit Vienna The Dungeon purzeln die Kilos. Kleine Entscheidungshilfe: Die erste Probestunde ist gratis.

THE DUNGEON

8. Bezirk | **dungeon.crossfitvienna.at** | **Öffnungszeiten je nach Kursangebot, s. Website** | **ab 119 Euro/Monat** | **Josefstädter Str. 76** | **kein Tel.**

HALLEN-TRAINING FEHLANZEIGE

Bereit für den härtesten Workout Wiens? Das Training beim Vienna City Boot Camp macht den Meister – und zwar bei jedem Wetter. Denn die Fitnesseinheiten finden im Freien statt, quer durch die Stadt. Start ist am Heldenplatz, im Stadtpark oder im Prater. Straßenlaternen, Podeste und Brunnen werden dabei zu Trainingsgeräten umfunktioniert.

➔ VIENNA CITY BOOT CAMP

1. Bezirk | **viennacitybootcamp.at | Zeiten und Preise s. Website | Tel. 0676 9559446**

SKATEN WIE EIN PROFI

Skaten lernen kann jeder. Kunststücke auf Rollen sind aber ein anderes Kaliber. Der Verein zur Förderung der Skatekultur veranstaltet nicht nur Shows, bei denen Ihnen schon vom Zusehen schwindlig wird. Sie können dort auch an Ihren Fertigkeiten arbeiten und sich unter optimalen Trainingsbedingungen langsam an richtig gefährliche Sachen heranwagen.

➔ SKATEAREA 23

23. Bezirk | **skatearea23.at | Zeiten s. Website | Eintritt 3 Euro, Einzelstunde (45 Min.) 15 Euro | Perfektastr. 86 | Tel. 0650 4903550**

ZIRKUS-LUFT SCHNUPPERN

Poledance Vienna holt den erotischen Tanz an der Stange aus der Schmuddelecke in die Fitnesswelt: Wenn auch nur als eines von fast 100 Tanzformaten, die an mehreren Orten in ganz Wien angeboten werden. Das Angebot könnte als Grundausbildung zum Zirkusartisten durchgehen: von Aerial-Hoop bis Trapez. Die Schnupperstunde ist gratis.

➔ POLEDANCE VIENNA

22. Bezirk | **poledancevienna.at | Startzeiten je nach Kurs | ab 30 Euro/Einheit, 140 Euro/6 Einheiten | Dückegasse 7 | kein Tel.**

ES LÄUFT SICH BESSER GEMEINSAM

Wie lange reden Sie schon davon, mit dem Laufen zu beginnen? Sobald der Winter vorüber ist, treffen sich Laufbegeisterte jeden Dienstag im Prater zum gemeinsamen Joggen. Mit an Bord sind INSIDER TIPP erfahrene Trainer, die Ihnen wertvolle Tipps geben.

➔ WIEN LÄUFT

2. Bezirk | **wienläuft.at | i. d. Regel ab März: Laufen Di 18–19.30, Nordic Walking Do 18–19.30 Uhr | Teilnahme kostenlos | Treffpunkt WAT-Athletikzentrum (Ernst-Happel-Stadion) | Meiereistr. 7, Sektor C | Tel. 01 8048532**

SO RICHTIG GESUND

So werd ich 100 Jahre alt!

GESCHMACK UNPLUGGED

Nachhaltigkeit wird im Hidden Kitchen groß geschrieben. Alles, was serviert wird, kommt ohne Konservierungsstoffe, Emulgatoren, Glutamat oder Geschmacksverstärker aus. Das werden Sie schmecken, egal ob Sie sich für einen der bunten Salate, eine Quiche oder einen Cupcake entscheiden. All das zu mehr als moderaten Preisen. Und wenn es draußen richtig warm wird, packt Küchenchefin Julia Kuta Ihnen einen INSIDER TIPP Picknickkorb für den Park.

➔ **HIDDEN KITCHEN**

1. Bezirk | hiddenkitchen.at | Mo–Fr 10–16 Uhr | Färbergasse 3 | Tel. 01 2768398
3. Bezirk | Mo–Fr 8.30–17 Uhr | Invalidenstr. 19 | Tel. 01 9716093

VEGGIE CHIC

Wie stilvoll Ökoküche sein kann, beweist das Tian in der Himmelpfortgasse. Die Einrichtung ist superelegant im modernen Belle-Époque-Stil gehalten, die vegetarisch-vegane Küche gehoben. Zur »Experience Time« wird das kulinarische Erlebnis exklusiv zubereitet und begleitet von Starkoch Paul Ivić. Zur Auswahl stehen wechselnde Menüs, mit sechs bis zehn Gängen. Termine auf Anfrage.

➔ **TIAN**

€€€ | 1. Bezirk | tian-restaurant.com/wien | Di 18–21, Mi–Sa 12–14, 18–21 Uhr | Himmelpfortgasse 23 | Tel. 01 8904665

Veggie kann
Tian

GEMÜSEBURGER FREI HAUS

Sie möchten zur Abwechslung gerne statt einer Pizza etwas Vegetarisches auf der Couch verdrücken? Kein Problem: Rita bringt's, dafür ist sie ja bekannt. Und zwar mit dem Lastenfahrrad quer durch Wien. Das Wochenmenü ist auf der Website ersichtlich und macht die Auswahl fast schon zu Qual. Wofür Sie sich auch entscheiden, immer gilt: frisch gekocht, vegetarisch, 100 % bio.

➔ RITA BRINGT'S

Liefergebiet s. Website | ritabringts.at | Lieferung Mo–Fr 9.30–12 Uhr | Tel. 01 3 61 77 22

FLEISCHLOS GLÜCKLICH

Ins Yamm sollten Sie besser nicht gehen, wenn der Hunger allzu groß ist: Die Speisen am ausgiebigen Buffet sehen alle so gut aus, dass die Wahl schwerfällt. So kommt da schnell so einiges auf dem Teller zusammen (3 Euro/100 g, Take-away 2,80 Euro). Sie können hier unter gut verschiedenen Gerichte mit Hauben-Niveau wählen. Allesamt vegetarisch, Schildchen weisen darauf hin, was außerdem vegan, laktose- und glutenfrei, scharf oder besonders geeignet für Kinder ist.

➔ YAMM!

1. Bezirk | yamm.at | Mo–Mi 8–23, Do/Fr 8–23.30, Sa 9–23.30, So 9–15 Uhr | Universitätsring 10 | Tel. 01 5 32 05 44

PFLANZLICH, ABER FLOTT

Veganes Essen muss nicht unbedingt Slow Food bedeuten. Und es muss auch nicht teuer sein. Wenn Sie Gusto auf einen schnellen Happen ohne Fleisch um kleines Geld verspüren, sollten Sie eines der beiden Loving-Hut-Lokale ansteuern. Dort gibt es einen scharf gewürzten Riesendöner mit Seitan um 4,50 Euro. Außenfassaden und Einrichtung der beiden Lokale geben nicht viel her, dafür schmeckt das Essen umso besser.

➔ LOVING HUT

7. Bezirk | lovinghut.at/neubau | Mi–Mo 16.30–21 Uhr | Neubaugürtel 38/5 | Tel. 01 2 93 91 82
10. Bezirk | lovinghutvienna.com | Mo–Fr 11–14.30, 16.30–21, Sa/So/Fei 12–21 Uhr | Favoritenstr. 156 | Tel. 0699 12 65 94 73

GUT NICHT NUR FÜRS GEWISSEN

Wenn schon vernünftig, dann richtig! Ein Besuch im Reformhaus Buchmüller hinterlässt Sie mit einem guten Gefühl. Die Mittagsmenüs sind – erraten! – wahlweise vegetarisch oder vegan, auf jeden Fall ausgesprochen gesund. Abgesehen davon auch recht günstig: Einen Tagesteller bekommen Sie um 9 Euro. Im Sommer können Sie in den Schanigarten übersiedeln und Passanten mit einem Hotdog in der Hand mitleidig hinterhersehen. Und wenn Sie daran Geschmack gefunden haben: **INSIDER TIPP** Im Naturkostladen nebenan gibt es gratis individuelle Diätberatung.

➔ REFORMHAUS BUCHMÜLLER

7. Bezirk | reformhaus-buchmueller.at | Mo–Fr 9–18.30, Sa 9–17 Uhr | Neubaugasse 17–19 | Tel. 01 5 23 72 97

SEELEN-FUTTER

Ganz viel Trost mit Schokoguss

SCHOKOLADE!

Sie soll ja glücklich machen. Und wenn Sie eine Extraportion Glück gerade dringend brauchen, dann wenden Sie sich vertrauensvoll an Konditormeister Eduard A. Fruth, der im Vierten und Fünften zwei kleine Schokoläden betreibt. Schoko mit Rosmarin, Schoko mit Zitronenpfeffer, Schoko mit Wasabi. Oder doch ein Marzipantörtchen? Egal. Erlaubt ist, was Sie wieder zum Lächeln bringt.

➔ CHOCOLATERIE FRUTH

4. Bezirk | fruth.at | Di–Fr 11–19, Sa 9–17 Uhr | Kettenbrückengasse 20 | Tel. 0664 1432243
5. Bezirk | Di–Fr 11–18, Sa 9–13 Uhr | Wiedner Hauptstr. 114 | Tel. 0676 9522880

DIE SPERLTORTE MACHT'S WIEDER GUT

So schlimm? Raffen Sie sich auf und gehen Sie ins Sperl. Da treffen sich seit bald 150 Jahren Leute, die dem Weltschmerz nachhängen. Sonntags oft INSIDER TIPP live von stimmungsvoller Klaviermusik begleitet. Hier lässt es sich gut traurig sein. Bestellen Sie sich eine original Sperltorte aus Milchschoko, Mandelmasse, Vanille und Zimt. Und, geht's Ihnen schon besser? Na also.

➔ CAFÉ SPERL

6. Bezirk | cafesperl.at | Mo–Sa 7–22, So 10–20 Uhr, Juli/Aug. So geschl. | Gumpendorfer Str. 11 | Tel. 01 5864158

WENN MAN NICHT MEHR WEITER WEISS, ...

... hilft bestimmt ein Erdbeereis. Und zwar eins, das so fantastisch ist, dass Sie sogar die Reise nach Floridsdorf auf sich nehmen. Die Rede ist vom Benner, der alle möglichen und unmöglichen Eiskreationen im Angebot hat, zum Beispiel »Ananas Hawaii« oder »Grieskoch«. Vielleicht bringt Sie das ja auf andere Geedanken?

➔ EISSALON BENNER

21. Bezirk | facebook: Eisalon Benner | März–Sept. tgl. 10–21.30/22.30 Uhr | Prager Str. 37 | Tel. 01 2706604

SCHAUMSCHLAGEN STATT RADSCHLAGEN

Das alte Backsteingebäude beherbergte einst eine Volksschule inklusive Turnhalle. Und genau in dieser genießen Sie heute in hippem Vintage-Ambiente vorzügliche Mehlspeisen. Ob Bananenbrot, Schokoladenkuchen oder INSIDERTIPP extra-cremiger Cheesecake – das Team weiß, wie man Naschkatzen glücklich macht. Baumelnde Glühbirnen, Shabby Chic und Kerzenschein sorgen für kuschelige Stimmung. Haben Sie erst einen Platz ergattert, werden Sie den so schnell nicht wieder hergeben.

TURNHALLE

15. Bezirk | **die-turnhalle.at** | **Mi–So 10–24 Uhr** | **Herklotzgasse 21** | **Tel. 0660 2036404**

KÖNIGLICH WIE SIE

Suchen Sie nach einem Ort, um sich stilecht die Krone zu richten, ehe Sie weitergehen. Wie wär's mit dem Café Little Britain? Das versprüht wie kein anderes in Wien den royalen Charme Albions. Sie könnten sich hier zum Beispiel einen Bagel schnappen und Pläne schmieden, wie Sie es der Welt endgültig beweisen könnten. Good luck!

CAFÉ LITTLE BRITAIN

2. Bezirk | **little-britain.at** | **Mi–So 9–18 Uhr** | **Engerthstr. 249** | **Tel. 01 9962143**

DER BÄCKER WIRD'S SCHON RICHTEN

Zeit für Veränderung? Dann fangen Sie am besten mit Brot an. Ja, Brot: Gönnen Sie sich mal ein richtig gutes. Zum Beispiel von der Bäckerei Joseph, die das mit Abstand beste der Stadt macht. Brot, meint Bäcker Joseph Weghaupt, sei nämlich mehr als bloß ein Grundnahrungsmittel. Es ist Lifestyle. Ihr neuer Lifestyle. Alles wird gut!

BÄCKEREI JOSEPH

1. Bezirk | **joseph.co.at** | **Mo–Fr 7–19, Sa 8–18 Uhr** | **Naglergasse 9**

Schon besser?
Sperltorte lindert Weltschmerz

Dumm gelaufen

Pannendienst – gleich nebenan

OMG! WAR'S DAS MIT DEM BIER?

Es kann nichts Schlimmeres passieren als eine Party, bei der das Bier ausgeht. ZustellBar ist ein Nachtlieferservice, der Ihnen auch nach Mitternacht noch Bier, Wein, Knabberzeug oder auch Kondome nach Hause bringt. Mindestbestellwert 17 Euro.

➔ ZUSTELLBAR

Lieferung in die Bezirke 1–20 | zustell-bar.at | So–Do 20–2, Fr/Sa 20–4 Uhr | Tel. 0660 6 06 01 10

HANDY FÜR NOTFÄLLE

Das iPhone-Kabel gibt zur Unzeit den Geist auf? Halb so schlimm. In einigen U-Bahn-Stationen gibt es Automaten mit günstigem Handy-Zubehör. Sogar Notfall-Handys um 30 Euro!

➔ MOBI-NIL-HANDYBOX

Verschiedene Bezirke | **U-Bahn-Stationen Volkstheater, Stephansplatz, Landstraße, Zieglergasse, Neubaugasse**

KEINE PASSENDEN KLAMOTTEN …

Die neue Hose ist doch zu lang. Aber wer könnte …? Wenden Sie sich vertrauensvoll an Michael, den »lustigsten Schneider von Wien«. Er kennt sich aus und macht Ihnen einen guten Preis – wenn Sie ihn zum Lachen bringen!

➔ SCHNEIDEREI MICHAEL

6. Bezirk | **Mo–Fr 9–19, Sa 9–18 Uhr** | **Amerlingstr. 8** | **Tel. 0699 10 00 97 90**

… UND DAS STYLISHE ACCESSOIRE FEHLT!

Samstagabend, alle Läden längst zu, aber Sie suchen noch nach einem stylishen Accessoire für die Party, eine coole Sonnenbrille oder eine extravagante Brieftasche? Nicht verzagen, ab in die Hofmühlgasse. Das Polyklamott hat einen 24-Stunden-Automaten für gebrauchte Vintage-Sachen.

➔ POLYKLAMOTT

6. Bezirk | **polyklamott.at** | **Mo–Fr 12–19.30, Sa 11–18 Uhr** | **Hofmühlgasse 6** | **Tel. 01 969 03 37**

APOTHEKE ZU! WAS NUN?

Keine Lust, den Zusatztarif für eine Nachtapotheke zu berappen? Müssen Sie auch nicht. In der Margaretenstraße gibt es einen Apotheken-Automaten, in dem sie Aspirin und Co kaufen können.

➔ APOTHEKE ZUM EINHORN

4. Bezirk | **einhornapotheke.at** | **Margaretenstr. 31** | **Tel. 01 587 46 47**

SCHNELLER SNACK

Heißhunger? Auf zum Gegenangriff!

MATJES UND MEHR

Jetzt krebsen Sie schon seit Stunden durch die Stadt und Ihr Magen brummt wie ein alter Seebär. Zeit für einen Zwischenstopp im Wulfisch, der Krabbenbude unweit vom Karmelitermarkt. In dem kleinen Imbisslokal gibt es norddeutsche Spezialitäten wie Fischbrötchen und -wraps, Nordseekrabben, Matjes, geräucherte Forellen und diverse Salate an. Ihren Durst stillen Sie stilecht mit norddeutschen Getränken wie Jever, Astra und Fritz-Kola. Ahoi!

➔ WULFISCH

2. Bezirk | **wulfisch.at** | **Mo–Fr 11–20, Sa 10–18 Uhr** | **Tel. 01 946 18 75**

NUR DER NAME IST SCHWERE KOST

Wissen Sie, wie man Trzesniewski ausspricht? Ungefähr so: »Tschesnjewski«. Aus dem kleinen polnischen Laden mit den »unaussprechlich guten Brötchen« für den kleinen Hunger ist längst eine ganze Kette geworden. Doch die markanten kleinen Schwarzbrotschnitten um 1,30 Euro das Stück sind dieselben geblieben: Geflügelleberaufstrich, Karotte, Gervais bis hin zu Speck und Ei. Die Trzesniewskis betreiben mittlerweile elf Filialen in ganz Wien. Der Klassiker ist das Stammhaus in der Dorotheergasse.

➔ TRZESNIEWSKI

1. Bezirk | **trzesniewski.at/filialen/dorotheergasse** | **Mo–Fr 8.30–19.30, Sa 9–18, So/Fei 10–17 Uhr** | **Dorotheergasse 1** | **Tel. 01 512 32 91**

ASIEN AUTHENTISCH

»Schade, dass es die Thai Isaan Kitchen nicht auch bei uns gibt«, sagen viele Stammgäste der kleinen Garküche im Sechsten und nehmen die Anreise aus anderen Bezirken immer wieder in Kauf, um bei den freundlichen Imbissbetreibern in der Gumpendorfer Straße zu speisen. Jedes Gericht wird frisch zubereitet, das kann man sehen, hören, riechen und schmecken. Im Sommer lockt zudem ein kleiner Schanigarten.

➔ THAI ISAAN KITCHEN

6. Bezirk | **thai-isaan.at** | **Mo–Sa 11–22, So 17–22 Uhr** | **Gumpendorfer Str. 91** | **Tel. 01 595 28 00**

SCHMECKLECK, ABER ZACKIG

Fast Food in bester Qualität – wie gemacht, um schnell glücklich und satt zu werden. Weiche, dampfgegarte, taiwanesische Buns mit drei verschiedenen Füllungen: Tullnerfellder Schweinebauch, steirisches Hühnchen und Tofu. Zwei Stück für 7,50, drei Stück für 9,50 Euro. Am besten Sie bestellen gleich eine Portion Süßkartoffel-Pommes dazu.

BAO BAR

7. Bezirk | baobar.at | Mo–Sa 12–20 Uhr | Zollergasse 2 | kein Tel.

PEP FÜR DIE PAUSE

Auf zu neuen Geschmackserlebnissen! In der Nähe von Hauptuni und Juridicum zelebrieren Sie mitten im Ersten Ihren Imbiss mit asiatischem Street Food. Verwöhnen Sie den Gaumen mit Rice Bowls, hausgemachten *dorayakis* (japanische Süßspeisen) mit unterschiedlichen Füllungen, Sushi-Burritos, Nudelsuppen oder Avocado Rolls. Das Personal ist genau so hip und cool wie das Lokal selbst, das zudem für die fairen Preise und vorzügliche Qualität Pluspunkte kassiert.

FRESHMANS

1. Bezirk | freshmans.at | Mo–Sa 11–22.30 Uhr | Wipplingerstr. 11 | Tel. 0660 708 50 19

DOSENFUTTER

Wenn es richtig schnell gehen muss, könnten Sie einen Sprung zum Snack-Shop Liechtensteinstraße erwägen. Der Laden hat sich auf Dosensnacks spezialisiert: vom Würstel bis hin zur Chillibrezel aus der Dose. Dazu gibt es eine riesige Auswahl an Knabbereien aus aller Herren Länder. Aufreißen, essen!

SNACK-SHOP LIECHTENSTEINSTRASSE

9. Bezirk | snackshop.at | Mo–Fr 12–18 Uhr | Liechtensteinstr. 25 | Tel. 01 317 25 79

LOKALE LOKALE

So isst Wien

ALTWIENER FELS IN DER BRANDUNG

Links und rechts ist Hipster-Gegend, dazwischen liegt das Steman. Dieses wunderschön renovierte Altwiener Beisl sticht aus der Uniformität des Individualismus im Sechsten hervor. Das Traditionsgasthaus überzeugt durch sein aufgeräumtes Interieur und eine exzellente, althergebrachte Küche: vom Beuschl bis zum Schnitzel.

➔ GASTWIRTSCHAFT STEMAN

6. Bezirk | steman.at | Mo–Fr 11–24 Uhr | Otto-Bauer-Gasse 7 | Tel. 01 5978509

PARIS LIEGT AN DER DONAU

Das »Paris« im Namen täuscht: Viel wienerischer geht es kaum. Das Schweinsschnitzerl ist ein Wahnsinn, die Portion Eiernockerl riesig und das Gulasch zerfließt im Mund. Das kommt auch daher, dass der Chefkoch hier sein Handwerk im Steirereck gelernt hat. Hauskost auf Haubenniveau! Empfehlenswert, weil besonders urig ist das INSIDER TIPP Extrastüberl, das Platz für bis zu 25 Leute hat und sich damit für kleinere Feiern anbietet.

➔ GASTWIRTSCHAFT BLAUENSTEINER »ZUR STADT PARIS«

8. Bezirk | gastwirtschaft-blauensteiner.at | tgl. 11–23.30 Uhr | Lenaugasse 1 | Tel. 01 4051467

SCHNITZEL WIE ZU KAISERS ZEITEN

Wenn Sie sich manchmal die Augen reiben, was alles als »Wiener Schnitzel« durchgeht, und wenn Sie wehmütig an die in Butter herausgebackenen Köstlichkeiten von einst denken – es gibt Abhilfe: Das Meissl & Schadn will den Wienern ihre kulinarische Tradition zurückgeben. Im schicken Design feiert das neue Lokal die Küche der Donaumonarchie. Neben dem goldbraunen Schnitzel weiß man hier auch Tafelspitz und Apfelstrudel exzellent zuzubereiten.

➔ MEISSL & SCHADN

1. Bezirk | meisslundschadn.at | tgl. 12–1 Uhr | Schubertring 10–12 | Tel. 01 90212

Es ist angerichtet
im Blauensteiner »Zur Stadt Paris«

TRADITION KANN SO HIP SEIN

Ausgerechnet in der Lifestyle-Hochburg des jungen Wiens, dem Museumsquartier, residiert ein Altwiener Wirtshaus. Das Glacis Beisl verbindet Tradition mit Moderne, lässt aber keinen Zweifel daran aufkommen, was es sein möchte: eine Gastwirtschaft mit Grammelknödel und Gulasch. Angesichts der selbstbewussten Preise ist das Publikum eher gehoben. Im Sommer lockt einer der schönsten Gastgärten Wiens.

➔ GLACIS BEISL

7. Bezirk | **glacisbeisl.at** | **tgl. 11–2 Uhr** | **Breitegasse 4** | **Tel. 0 1 526 56 60**

BEISL AUS DEM BILDERBUCH

Der erste Eindruck täuscht. Von außen geben sich die Alt Wiener Stuben recht unspektakulär, die Fassade hat definitiv bessere Zeiten erlebt. Dafür ist die holzvertäfelte Einrichtung drinnen umso gemütlicher, auch der Gastgarten kann sich sehen lassen. Und erst das Essen! Original Wiener Hausmannskost: vom Beuschl über Wild bis hin zum Tafelspitz. Ein Genuss, noch dazu ein recht preiswerter: Wer will, wird hier um unter 10 Euro mehr als satt. Außerdem gib's hier ganztägig warme Küche.

➔ ALT WIENER STUBEN

22. Bezirk | **altwienerstuben.com** | **täglich 9–23 Uhr** | **Erzherzog-Karl-Straße 66** | **Tel. 01 209 36 52**

Urtümlich urban

Moderne Symbiose im Glacis Beisl

INNEREIEN!? NA, WARUM DENN NICHT?

So viele Innereien auf der Speisekarte – von Kutteln bis Herzzapfen – muss man sich auch einmal trauen. Im Gasthaus Wolf wissen Sie wenigstens, woran Sie sind. Und wenn Sie sich einmal kulinarisch gesehen auf unbekanntes Terrain begeben, dann dort. Mutig ist übrigens auch die Einrichtung: Die holzvertäfelten Wände in Waldgrün sind mal was anderes als das übliche Schwarz und Braun im Wirtshaus.

➔ GASTHAUS WOLF

€€€ | 4. Bezirk | gasthauswolf.at | Mo 18–23, Di–Sa 17–1, Di–Fr auch 12–14 Uhr | Große Neugasse 20 | Tel. 01 5811544

FEIERABEND AUF WIENERISCH

Gemütlichkeit und herzliche Stimmung kombiniert das junge Team im modernen Wiener Beisl mit besten Angeboten der österreichischen Küche. Fleischtigern ist das INSIDER TIPP Beef Tatar ans Herz zu legen, das geschmacklich so schnell nicht überboten werden kann. Doch ob Blunzengröstel, Schinkenfleckerl, Kalbsrahmgulasch oder Wiener Schnitzel – ein wohliges Foodkoma ist Ihnen sicher. Nicht zu vergessen die große Gin-Auswahl, die das Lokal zum perfekten abendlichen Treffpunkt macht.

➔ MOZART & MEISL

19. Bezirk | mozart-meisl.at | Mo–Sa 18–1 Uhr | Gymnasiumstr. 62 | Tel. 01 3676767

DIE KEGELBAHN OBEN DRAUF

Altwiener Essen ist eine Sache, aber eine INSIDER TIPP Kegelbahn wie im Zur Stadt Krems findet man sonst selten. Schon das alleine rechtfertigt einen Besuch in diesem aufgeräumten, geraden Beisl. Was allein noch nichts über das Essen aussagt, denn das ist exzellente Wiener Küche.

➔ ZUR STADT KREMS

9. Bezirk | stadtkrems.steman.at | Mo–Fr 11–23.30 Uhr | Zieglergasse 37 | Tel. 01 5237200

NUR OPTISCH EIN GRIECHE

Gut, die Inneneinrichtung ist nicht wirklich original Wienerisch. Mit dem blauen Retro-Schick könnte Rudis Beisl optisch auch als griechisches Restaurant durchgehen. Kulinarisch nicht. Da setzt der preisgekrönte Haubenkoch Christian Wanek auf rindfleischlastige Tradition. Ein Gedicht: das ausgelöste Beinfleisch mit Rösti, Apfelkren und Schnittlauchsauce.

➔ RUDIS BEISL

5. Bezirk | rudisbeisl.at | Mo–Fr 11.30–15, 18–23 Uhr | Tel. 01 5445102

ECHT EXOTISCH

Sieht komisch aus, schmeckt aber super

EIN TISCHTUCH ZUM REINBEISSEN

In Äthiopien isst man mit den Fingern. Alle setzen sich um ein tischtuchgroßes, dünnes Fladenbrot, von dem Sie sich ein Stück abreißen, um darin würziges Fleisch in allen Varianten einzuwickeln. Ausprobieren, im Äthiopischen Restaurant. Am besten im gemütlichen Schanigarten. Sie werden nicht genug davon bekommen können, versprochen!

➔ ÄTHIOPISCHES RESTAURANT

9. Bezirk | **ethiopianrestaurant.at** | **Di–Do 12–23, Fr/Sa 12–24, So 16–21 (Küche bis 22 bzw. 20) Uhr** | **Währinger Str. 15** | **Tel. 01 4020726**

SO SCHMECKT DIE DIASPORA

Geschmack kennt keine Grenzen. Diesem Motto fühlt sich das Habibi und Hawara verpflichtet. Das Restaurant im noblen Wiener Börsenviertel bringt ausschließlich Menüs auf den Tisch, die von Flüchtlingen kreiert und gekocht werden. Kulinarisch gesehen liegt der Schwerpunkt auf orientalischen Gerichten, garniert mit Wiener Schmäh.

➔ HABIBI UND HAWARA

1. Bezirk | **habibi.at** | **Mo–Fr 11–24, Sa 18–24 Uhr** | **Wipplingerstr. 29** | **Tel. 01 5350675**

GESCHNITZTES GEMÜSE

In Sri Lanka sagt man nicht einfach »Hi«. Man sagt: »Mögest du dich eines langen Lebens erfreuen.« Mögen Sie sich eines möglichst langen und guten Essens in Wiens einzigem sri-lankischen Restaurant erfreuen. Das Colombo Hoppers will dem Wiener Publikum zumindest ein wenig vom Geschmack der Perle des Indischen Ozeans mitgeben. Das Essen ist abwechslungsreich, leicht und curryreich. Auch zum Mitnehmen!

➔ COLOMBO HOPPERS

5. Bezirk | **colombohoppers.com** | **Di–Fr 12–15, 18–22, Sa 18–22, So 11.30–15, 18–22 Uhr** | **Schönbrunner Str. 84** | **Tel. 01 5454308**

Mild oder scharf?
Sie haben die Wahl im Äthiopischen Restaurant

KREML-DINNER

Trinken? Wodka. Aber Essen? Was isst man eigentlich in Russland? Eine Antwort auf diese Frage können Sie sich selbst mit einem Besuch im Feuervogel geben, dem besten Russen der Stadt, kulinarisch. Ein Tipp: Sibirische *Pelmeni* (Teigtaschen) gehören in dem gemütlich abgewetzen Lokal auf jeden Fall dazu. Und zum Abschluss darf's auch ein (Feuer)-Wässerchen sein.

➔ FEUERVOGEL

9. Bezirk | feuervogel.at | Mo–Sa 17.30–24 Uhr, Fei geschl. | Alserbachstr. 21 | Tel. 01 3 17 53 91

KREOLISCHER PLATZHIRSCH

Die Karibik liegt im Neunten – zumindest kulinarisch gesehen. Unweit der Uni hat sich die Casa Caribeña angesiedelt, in der vor allem die gut gewürzten Meeresfrüchte-Kreationen, frisch zubereitet, Urlaubsstimmung aufkommen lassen. Dazu kommen Farbe, Duft und Sound und sorgen dafür, dass echtes Karibikfeeling entsteht. Im Sommer lockt die Dependance beim Summerstage am Donaukanal mit exotischen Cocktails.

➔ CASA CARIBEÑA

9. Bezirk | casacaribena.at | Di–Do 17–24, Fr/Sa 17–2 | Glasergasse 15 | Tel. 01 3 17 73 03
9. Bezirk | Summerstage ca. Anfang Mai–Anfang Sept. tgl. 17–1 Uhr | Rossauer Lände

Fisch ist trocken

auf ins Home Café

HARPA HENRYSDÓTTIRS REZEPT GEGEN HUNGER

Björk ist Ihnen ein Begriff. Und dass in der Hauptstadt Rejkjavik einmal ein Komiker Bürgermeister wurde. Aber was wissen Sie sonst von Island – zum Beispiel in kulinarischer Hinsicht? Schließen Sie diese Wissenlücke im Home Café von Harpa Henrysdóttir. Und das empfiehlt sich, denn die Mischung aus getrocknetem Fisch, selbst gemachtem Gebäck und allerhand exzellenten Suppen ist auf jeden Fall einen Besuch wert.

➔ HOME CAFÉ

9. Bezirk | **home-cafe.at** | **Di–Sa 11–24 Uhr** | **Spitalgasse 3** | **Tel. 01 4 02 43 65**

HEUTE MAL HALAL

Nächstes mal beim Scrabblen können Sie mit dem Wort *Apadana* punkten: altpersischer Königspalast. Herrschaftlich speisen können Sie im gleichnamigen Lokal in der Hamburger Straße, stilgerecht zwischen vielen Teppichen. Versuchen Sie *Adas Polo,* Lammstelze mit Linsenreis und Datteln. Am besten Freitagabend, da gibt es INSIDER TIPP persische Livemusik.

➔ APADANA

5. Bezirk | **apadana.at** | **Di–So 11.30–15, 18–23 Uhr** | **Hamburger Str. 1** | **Tel. 01 5 87 24 31**

GREAT AUSSIE BITE

Schon mal Krokodilsteak bestellt oder Känguru-fleisch gegessen? Im Crossfields Australian Pub können Sie in die fremde, kulinarische Welt von Down Under eintauchen – und gegebenenfalls Vorurteile gegenüber fremden Speisen revidieren. Gesalzene Heuschrecken sind nämlich ein wirklich leckerer Knabberspaß. Gerne auch mit einem Fosters zum Runterspülen. Übrigens: Im Keller ist es besonders gemütlich.

➔ CROSSFIELD'S AUSTRALIAN PUB

1. Bezirk | **crossfield.at** | **Mo–Do 10–1, Fr/Sa 10–2, So 10–24 Uhr** | **Maysedergasse 5** | **Tel. 01 24 10 02 30**

BRASILIANISCHE PALATSCHINKEN

Wenn Ihnen *Tapioca* nichts sagt, waren Sie wahrscheinlich noch nie in Brasilien. Dort werden die INSIDER TIPP glutenfreien Maniokfladen an jeder Straßenecke verkauft – als kleiner Snack oder Zwischenmahlzeit. Die palatschinkenähnlichen Köstlichkeiten, die herzhaft bis süß befüllt werden, gibt es nun auch in Wien, im winzigen Lokal Rio Gostoso. Einmal mit Käse und Hühnchen bitte und zum Nachtisch mit Banane und Kokos!

➔ RIO GOSTOSO

4. Bezirk | **riogostoso.at** | **Mo, Fr 10–16, Di–Do 11–18 Uhr** | **Wiedner Hauptstr. 34** | **kein Tel.**

Weltreise in Wien

ZU BESUCH BEIM WELTENBUMMLER

Wenn Kurt Spet nicht gerade irgendwo am anderen Ende der Welt auf Abenteuerreise ist, dann treffen Sie Ihn vielleicht persönlich an. In seinem kleinen Laden im Zweiten bietet der Weltenbummler die Ausbeute seiner vielen Reisen zum Verkauf an. Ob angesagte Öle aus Frankreich oder sizilianische Marmelade: Schmökern lohnt sich.

➔ **HANNIBAL**
2. Bezirk | hannibal-wien.at | Mo–Fr 10–18.30, Sa 10–18 Uhr | Taborstr. 24 | Tel. 0664 1 95 47 87

AFRIKANISCH ABFEIERN

Eigentlich geht es im Afro-Asiatischen Institut nicht ums Partymachen. Im angeschlossenen Café geht regelmäßig die Post ab. Untertags können Sie hier bei einer Wasserpfeife und einem reichhaltigen Buffet mit Studierenden aus afrikanischen und asiatischen Ländern Freundschaft schließen. Am Abend steigen regelmäßig Veranstaltungen: Konzerte, Modenschauen oder Multikulti-Partys bis spät in die Nacht.

➔ **CAFÉ AFRO IM AFRO-ASIATISCHEN INSTITUT**
9. Bezirk | Mo–Fr 8.30–24, Sa/So 10–24 Uhr | Türkenstr. 3 | Tel. 0699 18 17 51 44

DESIGN AUS FINNLAND

Was Heimweh alles bewirken kann! Heidi Salama-Kollegger stammt aus Helsinki. Als ihre Sehnsucht nach dem hohen Norden zu groß wurde, beschloss sie, ihre Heimat einfach nach Wien zu holen. Im Shop verkauft sie ausschließlich Produkte aus Finnland – von Wohnaccessoires der Marken Marimekko oder Iittala über Mode bis hin zu Delikatessen.

➔ **FINNSHOP**
7. Bezirk | finnshop.at | Di–Fr 11–18, Sa 11–17 Uhr | Siebensterngasse 17 | Tel. 0676 9 63 84 58

Wenn das kleine Fernweh kommt

RASIERT WIE EIN RÖMER

Schon mal eine original italienische Rasur mit heißen Tüchern versucht? Das gibt es nur bei Patrick Ridlmaier und Arthur Brauner. Die beiden stylishen Tattooträger haben mit ihrem Barbershop in Neubau eine Marktnische gefunden. Genießen Sie ein Getränk Ihrer Wahl, lehnen Sie sich zurück und lassen die beiden Jungs Ihre Arbeit tun. Reservieren nicht vergessen!

BROTHERS' BARBERSHOP

7. Bezirk | barbershop.wien | Di–Fr 10–19, Sa 10–17 Uhr | Neubaugasse 81 | Tel. 01 990 83 04

MIT LILI NACH FERNOST

Sie mögen Chinesisch? Dann werden Sie den Lili Markt lieben. Unter der recht unauffälligen Fassade gegenüber vom Naschmarkt verbirgt sich der größte und bestsortierte chinesische Supermarkt Wiens. Ob Sie nun ein schnelles Fertigessen, Zutaten für ein ausgefallenes chinesisches Gericht oder nur nach Nippes suchen: Bei Lili sind Sie richtig!

LILI MARKT

4. Bezirk | facebook: Lili Markt | Mo–Fr 8.30–19, Sa 8.30–18 Uhr | Rechte Wienzeile 29 | Tel. 01 581 11 73

MEHR ALS NUR ESSEN!

SCHAU-PLÄTZE 128

TOPSERVICE 130

BESTE AUSSICHTEN 132

Bitte wenden! 134

SONNENPLÄTZE 136

WINTERHÖHLEN 139

IRGENDWIE SCHRÄG 141

HAT STIL 144

SCHAU-PLÄTZE

Sitzen, essen, Leute gucken

SIE HIER, HERR RICHTER?

Wer Politprominenz beobachten möchte, ist im »Genuss-Penthouse im Justizpalast« bestens bedient. Denn hier gibt sich die Crème de la Crème des österreichischen Justizwesens die Klinke in die Hand. Aber auch manch amtierender oder ehemaliger Politiker schneit gelegentlich herein. Dazu kommt die herrliche Aussicht über Wien. INSIDER TIPP Planen Sie etwas Zeit für Leibesvisitationen ein.

JUSTIZCAFÉ

1. Bezirk | justizcafe.at | Mo–Fr 7.30–16 Uhr | Schmerlingplatz 10 | Tel. 0676 7556100

DER? MIT DEM?

Klar können Sie im Fabios einfach essen gehen. Ist halt ziemlich teuer, der italienische Nobelschuppen in Tuchlauben. Besser, Sie bestellen sich im Fabios ein Mineralwasser oder einen weißen Spritzer (das geht sich schon aus) und beobachten, wer ein- und ausgeht – und mit wem. Hier isst, wer mehr als genug Kleingeld hat und sich gerne zeigt: Vom Topmanager über den Lobbyisten bis zum Minister. Sie werden Augen machen. Nehmen Sie trotzdem genug Bargeld mit – man kann nicht mit Karte zahlen.

FABIOS

€€€ | 1. Bezirk | fabios.at | Mo–Sa 9–1 Uhr | Tuchlauben 6 | Tel. 01 5322222

WO POLITIKER TUSCHELN

So mancher abgekanzelte Minister soll seinen Kummer im Kanzleramt, dem gefährlich gemütlichen Lokal neben der echten Bundeskanzler-Residenz, im Alkohol ertränkt – und seinen Thekennachbarn dabei unerwartete Einsichten ins politische Geschäft offenbart haben.
Doch auch sonst ist die Kneipe einen Besuch wert: Am besten wochentags zwischen 16 und 18 Uhr, da ist INSIDER TIPP Happy Hour.

RESTAURANT KANZLERAMT

1. Bezirk | kanzleramt.wien | Mo–Sa 10–23, So 10–20 (Küche bis 22 bzw. 19) Uhr | Schauflergasse 6 | Tel 01 5331309

WIE SCHÖN IST VERGÄNGLICH!

Schon Qualtinger besang die verrucht-elegante Eden-Bar, in der manch schlüpfrige Affäre ihren Anfang nahm. Heute zehrt sie ein wenig von ihrem großen Namen und dem nach wie vor beeindruckendem Interieur. Viele Stammgäste, die einst Rang und Namen hatten, verkehren immer noch gerne hier. Das zu beobachten und über die Vergänglichkeit allen Scheins nachzudenken, rechtfertigt die 14 Euro für einen Drink.

EDEN BAR

1. Bezirk | edenbar.at | Do–Sa 22–4 (Fei geschl., wenn Fei auf Fr oder Sa fällt, geöffnet), Juli/Aug. geschl. | Liliengasse 2 | Tel. 01 5127450

PFERDENÄRRISCH

Man kennt es aus englischen Filmen. Aber wussten Sie, dass es auch in Wien eine Pferderennbahn gibt, bei der hohe Summen den Besitzer wechseln können? Wenn Sie einmal mitfiebern wollen oder auch bloß zusehen, wie andere gerade die Nerven verlieren, sollten Sie sich das verrückte Schauspiel in der Krieau einfach einmal live geben. In der Tribüne Krieau gibt es auch etwas zu essen und zu trinken: Denn auch voller Bauch studiert gern.

➔ TRABRENNBAHN KRIEAU

2. Bezirk | krieau.at | Öffnungszeiten laut Programm | Nordportalstr. 247

SELFIEWAHNSINNIG SIND DIE ANDEREN

Für Touristen gehört das Schloss Schönbrunn samt dem dazugehörigen riesigen Park zu den Places to go. Entsprechend gedrängt ist es dort im Sommer: Schon witzig zu beobachten, wie Menschen aus aller Welt den schmalen Pfad hinauf zur Gloriette hetzen, auf der Suche nach dem besten Selfie. Sie aber sitzen darüber, im Café Gloriette, wo Sie an einer zugegebenermaßen teuren Sisi-Torte knabbern, über das Schauspiel lachen und sich freuen, in der schönsten Stadt der Welt zu leben.

➔ GLORIETTE CAFÉ

13. Bezirk | gloriette-cafe.at | tgl. 9–19 Uhr | Schlosspark Schönbrunn | Tel. 01 879 13 11

Lebenslang glücklich im Justizcafé

TOP-SERVICE

Die haben ihr Trinkgeld echt verdient!

DISKRET, CHARMANT UND DEKADENT

Billig ist es beim besten Willen nicht. Aber es ist ja auch kein alltägliches Vergnügen: Jeden ersten Sonntag im Monat bittet man im noblen Palais Coburg zum »Free Flow Champagner Brunch«. Um 99 Euro bekommen Sie ein royales Frühstück inklusive Champagner und Rundum-Verwöhnung durch die Hotelangestellten: So schnell können Sie gar nicht austrinken, wie das Glas – ganz diskret, versteht sich – wieder voll ist.

➔ FREE FLOW CHAMPAGNER BRUNCH

€€€ | 1. Bezirk | **palais-coburg.com/kulinarik/specials** | **jeden 1. So im Monat** | **Coburgbastei 4** | **Reservierung: Tel. 01 51 81 81 30**

GEHEIMTÜR INS COCKTAIL-PARADIES

Suchen Sie nicht nach einem Hinweis, es gibt ihn nicht. Man muss wissen, was sich hinter der Tür der Buchfeldgasse 7 verbirgt. INSIDER TIPP Wer per Mail oder Telefon reserviert hat und dann die Klingel drückt, wird ins Cocktail-Paradies eingelassen. Höflich wird man Sie nach Ihrem Lieblingsgetränk fragen. Eigentlich sind Sie Biertrinker? Der Barkeeper wird nicht einmal mit der Wimper zucken und Ihnen einen extra für Sie gemixten Drink servieren, dass Ihnen Hören und Sagen vergeht – und der dennoch irgendwie nach Bier schmeckt. Aber pscht! Nicht weitersagen, was sich hinter Tür 7 abspielt.

➔ TÜR 7

8. Bezirk | **tuer7.at** | **Mo–Sa 21–4 Uhr** | **Buchfeldgasse 7** | **Tel. 0664 5 46 37 17**

LASSEN SIE SICH ÜBERRASCHEN

Fragen Sie in diesem holzvertäfelten Spitzenlokal nicht nach einer Speisekarte. Es gibt keine. Das Pramerl & the Wolf hat sich der Bistronomie verschrieben – der Kunst des Weglassens. Sie werden als Gast nach Ihrem Geschmack und Zeitbudget gefragt. Entsprechendes Budget vorausgesetzt. Da kommen dann Dinge wie Schwarzwurzeln, deren Schalen zu würzigen Chips gedörrt wurden, mit Birne und Nüssen und einer mit Verjus verfeinerten Nussbutter oder in Tannennadeln gebeizter Rehrücken auf den Tisch.

➔ PRAMERL & THE WOLF

€€€ | 9. Bezirk | **pramerlandthewolf.com** | **Mi–Sa 19–23.30 Uhr** | **Pramergasse 21** | **Tel. 01 9 46 41 39**

SCHLARAFFENLAND FÜR KAFFEE-FREAKS

Die Kaffeefabrik im Vierten ist keine echte Fabrik, sondern Bar und Rösterei. Der Star des mit sechs Quadratmetern winzigen Lokals ist aber eine Maschine: die Faema E61. Sie stammt aus den frühen Sechzigerjahren und zaubert einen italienischen Espresso, den Sie in dieser Qualität nirgendwo anders in der Stadt bekommen. Das junge, hochmotivierte Team achtet aus Leidenschaft auf Fairtrade und Nachhaltigkeit und weiß zu jeder Tasse eine Geschichte zu erzählen.

➔ KAFFEEFABRIK

4. Bezirk | **kaffeefabrik.com | Mo–Fr 8–18, Sa 11–17 Uhr** | Favoritenstr. 4–6 | Tel. 0660 1 78 90 92

INDIVIDUELL VERWÖHNT

Entführen Sie Ihren Lieblingsmenschen in diese wunderschöne Bar. Die zuvorkommenden und preisgekrönten Barkeeper lesen Ihnen jeden Wunsch von den Lippen ab und kreieren ausgefallene Drinks nach Ihren persönlichen Geschmacksvorlieben. Als Willkommensgruß gibt es einen Shot aufs Haus. Falls Sie Hunger mitbringen, können Sie es sich auch im Eatery-Bereich gemütlich machen.

➔ THE BIRDYARD

8. Bezirk | **thebirdyard.at | Di–Sa 18–2 Uhr** | Lange Gasse 74/1 | Tel. 01 4 02 46 24

ES WAR EINMAL IN NEW YORK

Machen Sie kurz die Augen zu und stellen sich vor: Sie in den wilden Zwanzigerjahren in einer dieser leicht verruchten New Yorker Bars. Im Hintergrund spielt eine Jazzcombo, es riecht nach Zigarrenrauch und Whiskey. Jetzt öffnen Sie die Augen und finden sich im Kruger's wieder, das unter die 100 besten Bars der Welt gewählt wurde. Die Zeitreise wird hier mitverkauft. Entspannen Sie – und denken Sie nicht an die Rechnung. **INSIDER TIPP** Bis 20 Uhr kostet jeder Cocktail nur 8,50 Euro.

➔ KRUGER'S AMERICAN BAR

1. Bezirk | **krugers.at | Mo–Sa 18–2, So 19–2 Uhr** | Krugerstr. 5 | Tel. 01 5 12 24 55

Bar tender
Kruger's American Bar

BESTE AUSSICHTEN

Essen über den Wolken

TOP-AUSSICHT IM TOP-HOTEL

Für einen abendlichen Sundowner mit Blick über die Ringstraße gibt es kaum eine bessere Adresse als das Dach des Ritz-Carlton. Und nein, Sie müssen sich dazu in dem Nobelhotel nicht einquartieren. Ganz oben lockt die Atmosphere Rooftop Bar mit spektakulärem Blick und feinen Cocktails.

➔ ATMOSPHERE ROOFTOP BAR

€€€ | 1. Bezirk | ritzcarlton.com | April–Okt. So–Do 16–24, Fr/Sa 16–1 Uhr | Schubertring 5–7 | Tel. 01 3 11 88

EIN BLICK, DER GOLD WERT IST

Vorweg: Billig wird der Kaffee in der Skybar nicht. Der direkte Blick auf das Dach des Stephansdoms, die Innenstadt und auf das emsige Treiben der Kärntner Straße (wie gut, dass Sie nicht im Stress sind) ist es aber wert. Theoretisch können Sie übrigens den Blick auch kostenlos bekommen, indem Sie INSIDER TIPP mit dem Außenlift nach oben fahren und so das Panorama genießen.

➔ SKYBAR

1. Bezirk | skybox.at | Mo–Fr 10–2, Sa 9.30–2, So 11–2 Uhr | Kärntner Str. 19 | Tel. 01 51 31 71 20

DAS MUSEUM IST KÜR, DIE AUSSICHT PFLICHT

In der Kuppel des Naturhistorischen Museums residiert ein ebenso elegantes wie traditionelles Wiener Kaffeehaus mit atemberaubendem Blick auf die umliegenden Palais. Wenn Sie an das Naturhistorische ungute Kindheitserinnerungen haben: Keine Sorge, Sie kommen auch direkt hin, um dort sehr gut und kostspielig zu essen. Oder Sie bestellen sich bloß einen Cappuccino und genießen die Aussicht.

➔ CAFÉ-RESTAURANT IM NATURHISTORISCHEN MUSEUM

€€€ | 1. Bezirk | genussimmuseum.at | Di–So 10–17.30, Do 10–20.30 Uhr | Burgring 7 | Tel. 050 876 10 01

BALKONIEN DE LUXE

Eine Terrasse, hoch über den Dächern Wiens, rechter Hand das Museumsquartier, weiter links das Rathaus. Dazu ein weißer Spritzer in der Hand und Sie fragen sich, warum es Leute gibt, die diese Stadt im Sommer verlassen. Am Dachboden des 25Hours Hotels gibt es eine famose Bar mit annehmbaren Getränkepreisen, die zum Besten gehört, was Wien zu bieten hat. Und wenn es draußen zu kühl ist? Die gemütliche Bar im Inneren hat eine breite Glasfront und so ziemlich das coolste Interieur der Stadt.

➔ DACHBODEN-BAR IM 25HOURS HOTEL

7. Bezirk | 25hours-hotels.com/wien | tgl. 15–1 Uhr | Lerchenfelder Str. 1–3 | Tel. 01 5215110

MEHR ALS NUR BÜCHER

Der Blick über den Urban-Loritz-Platz mag nicht der allerschönste sein. Spannend zu beobachten ist das bunte Treiben rund um die Hauptbibliothek und den belebten Hauptverkehrsknoten im Fünfzehnten allemal. Über die großen Stufen gelangen Sie in das Café Oben, das über das verglaste Dach einen Blick in den Himmel erlaubt. Dort isst man auch sehr gut, vor allem Veganer und Vegetarier kommen auf ihre Rechnung, auch beim fabelhaften Wochenendbrunch.

➔ CAFÉ OBEN

15. Bezirk | oben.at | Mo–Do 10–23, Fr/Sa 9–23, So 10–15 Uhr | Urban-Loritz-Platz 2a | Tel. 01 5227268

HIMMELHOCH SCHMATZEND

So schlimm teuer ist es in 170 m Höhe gar nicht. Beim zugegeben etwas selbstbewussten Preis für ein Essen im Restaurant an der Spitze des Donauturms ist das Aufzugsticket inkludiert – und der atemberaubende Blick über die gesamte Stadt ohnehin. Vorausgesetzt, das Wetter stimmt.

➔ TURMRESTAURANT

22. Bezirk | donauturm.at | tgl. 11.30–16, 18–24 Uhr | Donauturmstr. 4 | Tel. 01 2633572

IN DER UNTERWELT

Durch den Film »Der Dritte Mann« mit Orson Welles als Harry Lime wurde die Wiener Kanalisation weltberühmt. Bei der Tour zum Kultfilm geht es auf den Spuren der Charaktere durchs Kanalsystem. Die Führung ist weniger geeignet für Menschen mit Platzangst, für alle anderen ist Spannung garantiert!

➔ DRITTE-MANN-TOUR
1. Bezirk | drittemanntour.at | Mai–Okt. Do–So 10–20 Uhr | 10 Euro | Start: Karlsplatz-Girardipark | Tel. 01 40 00 30 33 (Reservierung: Mo–Fr 7.30–16.30 Uhr)

WIEN VON UNTEN

In Wien leben viele Menschen, die meist unter der Wahrnehmungsschwelle bleiben. Bei Supertramps lernen Sie diese und ihr Wien kennen. Lassen Sie sich auf sehr speziellen Touren wie »Wien, meine Hoffnung« oder »Wien, mein Take-away-Restaurant« Ihre Heimat von einer anderen Seite zeigen. Alle Supertramps sind oder waren obdachlos. Gemeinsam mit Valerie Kattenfeld haben sie Touren aus ihrem früheren Leben für Sie zusammengestellt.

➔ SUPERTRAMPS
supertramps.at | Termine nach tel. Anmeldung | freie Spende (Richtwert 15 Euro) | Tel. 0660 7 73 43 22

So kann man Wien auch sehen!

Bitte wenden!

THIS SIDE UP!

WIEN, WIENER-WALD UND WEITER

Gut, mit den Öffis ist der Weg etwas umständlich bis zur Jubiläumswarte auf der Vogeltennwiese. Aber es lohnt sich. Klettern Sie die 31 m nach oben – so viel Sport muss sein – und genießen Sie von der Spitze des eindrucksvollen Aussichtsturms an einem warmen Sommertag den Rundumblick über Wien und den angrenzenden Wienerwald. Das Vergnügen ist kostenlos!

➔ JUBILÄUMSWARTE
16. Bezirk | **geschichtewiki.wien.gv.at | Winter geschl., sonst rund um die Uhr zugänglich | Johann-Staud-Str. 80**

AUF DEN SPUREN VERGANGENER LUST

Haben Sie die Memoiren von Josefine Mutzenbacher gelesen? Die Wienerin führte zu Beginn des 19. Jahrhunderts ein aufregendes Leben als Dirne. Über ihre wahre Identität scheiden sich die Geister. Doch die Orte, die sie beschreibt, sind real. Mit einem Spaziergang können Sie sich durch das verruchte Wien der vorvergangenen Jahrhundertwende lotsen lassen. Achtung: Nicht für Kinder unter 14 Jahren!

➔ JOSEFINE-MUTZENBACHER-SPAZIERGANG
mutzenbacher.co.at | Termine auf Anfrage | Tel. 01 9 66 02 61

FRAU SEIN IN WIEN

Das soll auch und gerade Männern die Augen öffnen! Die Spezialistin für Gender Studies, Petra Unger, führt Sie zu den Wirkstätten wichtiger Frauen oder widmet sich szenischen Lesungen der Texte wesentlicher Autorinnen wie Helene von Druskowitz.

➔ WIENER FRAUENSPAZIERGÄNGE
frauenspaziergaenge.at | Termine s. Website, buchen können Sie online | Tel. 0664 4 21 64 44

SONNEN-PLÄTZE

Essen und schön draußen sitzen

TEICHE, FONTÄNEN, SONNE

Zwischen Teichen mit Felsen und Fontänen, Skulpturen, einem Rosarium und Wasserspielen lassen sich die Sonnenstrahlen genießen. Sie sind – erraten! – im Schweizergarten und steuern gerade das Klein Steiermark an. Sehen Sie den riesigen, sonnigen Biergarten? Suchen Sie sich einen Platz ganz in der Mitte und lassen Sie die Seele baumeln …

➔ KLEIN STEIERMARK IM SCHWEIZERGARTEN

3. Bezirk | kleinsteiermark.wien | tgl. 11.30–23 (Küche bis 22) Uhr | Heeresmuseumstr. 1 | Tel. 01 799 58 83

ISTANBUL IN KLEIN

Der einst heruntergekommene Yppenplatz mauserte sich in den letzten Jahren zu einem Bobo-Treffpunkt. Der weite Platz lässt viel Sonne rein, im Sommer spielen Straßenmusiker auf. Ein wenig hat sich der raue Charme von Klein-Istanbul noch erhalten. Am besten setzen Sie sich vor den Club International – den rustikalen Yppenplatz-Klassiker –, bestellen was zu trinken, sonnen sich und beobachten das bunte Treiben.

➔ CLUB INTERNATIONAL

16. Bezirk | ci.or.at | Mo–Sa 8–2, So 10–2 Uhr | Payergasse 14 | Tel. 01 403 18 27

NIX GEGEN DEN KELLER, ABER …

Klar können Sie auch in den Keller vom Artner am Franziskanerplatz gehen und sich dort nach einem guten Tröpfchen umsehen. Aber sobald draußen die Sonne scheint, ist es geradezu eine Sünde, nicht draußen zu sitzen. Der Franziskanerplatz – etwas versteckt gelegen im Ersten – gehört zu den malerischsten Plätzen Wiens. Genießen Sie die Sonne, einen Cappuccino und das Plätschern des kleinen Brunnens.

➔ ARTNER AM FRANZISKANERPLATZ

€€€ | 1. Bezirk | artner.co.at | Mo–Sa 12–24 Uhr | Franziskanerplatz 5 | Tel. 01 503 50 34

Chillen am Brunnen

im Artner am Franziskanerplatz

SONNENUNTERGANG IST MEINE LIEBLINGSFARBE

Vor bald 120 Jahren gründete der schrullige Querdenker Florian Berndl beim Gänsehäufl eine Schrebergartenkolonie, die er »Neu Brasilien« taufte. Ganz so warm ist es dort im Sommer nicht – aber fast. Schmuckstück der Anlage ist das Restaurant Bootshaus (ehemals Neu Brasilien) von Landtmann-Betreiber Berndt Querfeld. Das Lokal ist ein Paradies für Sonnenhungrige und Liebhaber feiner Patisserie.

➔ DAS BOOTSHAUS

22. Bezirk | **dasbootshaus.at** | **bei gutem Wetter tgl. ab 12 Uhr** | **An der unteren Alten Donau 61** | **Tel. 01 24 10 08 11**

SAG' ZUM ABSCHIED LEISE SONNE

Wenn sich die Sonne hinter den alten Flakturm schiebt, weiß man, dass die schönste Zeit des Tages vorüber ist – zumindest im Augarten-Café. Auf dem großen, offenen Platz hinter der Parkanlage lässt es sich trefflich Sonne tanken – und gerne auch einen nachmittäglichen Kaffee oder zwei. Sie können den Sonnenuntergang aber auch mit einem weißen Spritzer genießen.

➔ CAFÉ RESTAURANT AUGARTEN

2. Bezirk | **augarten.at/restaurant** | **tgl. 9–22, Nov.–März bis 18 Uhr** | **Obere Augartenstr. 1** | **Tel. 01 21 12 44 00**

FAST WIE AM MEER

Ein wenig können Sie sich hier wirklich wie am Strand von Tel Aviv fühlen. Die superbequemen Plastiksessel kommen tatsächlich von dort und der Sand könnte es zumindest. Für ein nachmittägliches Sonnenbad mit einem kühlen Drink gibt es wenig bessere Orte in Wien als diesen Beachclub am Donaukanal. Und wenn die Sonne untergeht, legt mit etwas Glück ein DJ auf.

➔ TEL AVIV BEACH

2. Bezirk | **facebook: Tel Aviv Beach** | **April–Okt. tgl. 12–24 Uhr (bei Schönwetter)** | **Donaukanal Höhe Obere Donaustr. 65**

WINTER-HÖHLEN

Essen, wo andere den Kachelofen anheizen

IMMER MIT DER RUHE!

Wenn es draußen mal wieder so richtig ungut ist und sich die Leute in der Straßenbahn gegenseitig angiften, gibt es einen wunderbaren Ausweg: Gehen Sie ins Café Jelinek! Dort gibt es einen uralten Holzofen, der manchmal so richtig kracht und herrlich riecht – als ob Sie in einer anderen Zeit wären. Versuchen Sie's: Schließen Sie die Augen zu und träumen sich hundert Jahre zurück. Aber vorher bestellen Sie noch einen kleinen Braunen und einen selbst gemachten Kuchen dazu.

➔ CAFÉ JELINEK

6. Bezirk | cafejelinek.steman.at | tgl. 9–22 Uhr | Otto-Bauer-Gasse 5 | Tel. 01 5974113

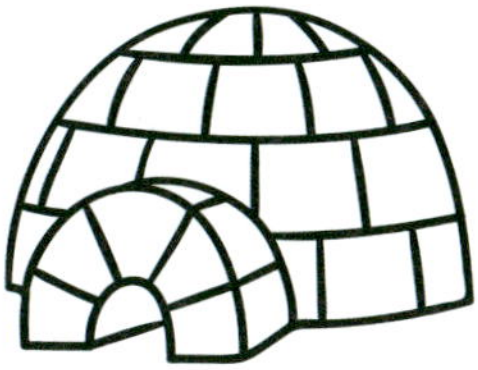

HIER RÜCKT MAN ZUSAMMEN

Der Name kommt nicht von irgendwoher, das Kleine Café ist wirklich sehr sehr klein klein. Hier können Sie gar nichts anderes machen, als zusammenrücken und sich mit den anderen Gästen wärmen. Vielleicht ergibt sich ja eine nette neue Bekanntschaft? Das kleine Café erinnert an ein französisches Bistro, das Publikum schätzt INSIDER TIPP die großen, günstigen Aufstrichbrote. Wenn es wieder wärmer ist, sollten Sie aber den Schanigarten am Franziskanerplatz ausprobieren.

➔ KLEINES CAFÉ

1. Bezirk | tgl. 10–2 Uhr | Franziskanerplatz 3 | kein Tel.

WINTERLICHES WOHNZIMMER DER WAHL

Die einen lieben den schummrigen Tresenraum, die anderen bevorzugen das noblere Eck mit weißen Tischdecken. Alle Stammgäste finden jedoch, dass das Amacord in der der kalten Jahreszeit das Wohnzimmer ihrer Wohnzimmer ist. Wie wäre es mit einem ausgiebigen Frühstück, während es draußen schneit? Oder doch etwas Handfestes zum Aufwärmen: INSIDER TIPP Weißwürste wie sonst nur in München.

➔ CAFÉ AMACORD

4. Bezirk | amacord-cafe.at | Mo–Fr 11.30–14.30, 17–1, Sa/So 10–1 Uhr | Rechte Wienzeile 15 | Tel. 01 5 87 47 09

SEHR KIMÜTLICH

Bei Kim Sohyi ist besonders heimelig, wenn es draußen kalt wird. Denn erstens ist das Restaurant so winzig, dass Sie sich sofort aufwärmen. Und zweitens serviert die Spitzenköchin in ihrem koreanischen Restaurant Speisen, die ein inneres Feuer entfachen: Spiritualität und Ganzheitlichkeit sind ihr wichtig. Sie kocht mit den fünf Elementen. Das schmeckt und wirkt gegen den Winterblues. Reservieren nicht vergessen!

➔ KIM

€€€ | 9. Bezirk | sohyikim.com | Mo/Di 12–15, Mi–Fr 12–15, 18–23 Uhr | Währinger Str. 46 | Tel. 0664 4 25 88 66

KUCHEN SCHLÄGT KÄLTE

Nirgends schmeckt's so gut wie bei Oma! Diese Weisheit wird im Generationen-Café Vollpension bestätigt, in dem pensionierte Omis (und Opis) ihre Kochlöffel schwingen, während Sie es sich in den Polstermöbeln so richtig gemütlich machen. Ob Apfelstrudel oder Ameisengugelhupf – sagen Sie niemals nein zu Schlagobers, weil das gehört zur Vollpension einfach dazu! Selbst die pikante Suppe ist hier mit Rahm verfeinert.

➔ VOLLPENSION

4. Bezirk | vollpension.wien | Mo–Fr 7.30–22, Sa 9–22, So 9–20 Uhr | Schleifmühlgasse 16 | Tel. 01 5 85 04 64

BUCHSTÄBLICH GUT

Sie sind in einer Bibliothek und dürfen trotzdem reden, essen und trinken, so viel Sie wollen – und das Buch, das Ihnen gerade so gut gefällt, sogar kaufen. Und nicht nur das: Im Phil kann man alte Lampen, Vintage-Möbel oder Platten (Schwerpunkt heimische Bands) erstehen. Es ist der vielleicht beste Ort, um an einem Wintertag die Seele baumeln zu lassen. Das Publikum ist jung und entspannt, abends legen ab und zu DJs auf.

➔ CAFÉ PHIL

6. Bezirk | phil.info | Mo 17–1, Di–So 9–1 Uhr | Gumpendorfer Str. 10–12 | Tel. 01 5 81 04 89

IRGENDWIE SCHRÄG

Wer hat sich sowas bloß ausgedacht?

DAS ESSEN DER ZUKUNFT

Schon mal INSIDER TIPP Insekten gegessen? Es gibt Forscher, die in den extrem nährstoffreichen Viechern die Speisen der Zukunft sehen. Wie gesagt, der Zukunft. Wenn Sie sich schon jetzt überwinden möchten, wenden Sie sich an Christoph Thomann, dessen Start-up sich genau damit beschäftigt – und der eine Menge Kostproben bereithält.

➔ **CHRISTOPH THOMANN**

16. Bezirk | zirpinsects.com | Termine s. Website | Brunnengasse 17 | Tel. 0699 12344978

Klick!
Supersense
Sinnesglück

SCHNECKLICH GUT

Schon mal Schnecken probiert, mehr noch: Wiener Schnecken? Wenden Sie sich nicht gleich ab, geben Sie dem Gugumuck eine Chance. Andreas Gugumuck hat es sich zur Aufgabe gemacht, seine Landsleute vom Genuss seiner selbst gezüchteten Weinbergschnecken zu überzeugen. Sie können in seinem Shop Schnecken-Erdäpfelgulasch kaufen oder an einem von drei Freitagen im Monat in seinem Bistro ein sechsgängiges Menü probieren. Aber Achtung: unbedingt reservieren!

➔ GUGUMUCK – WIENER SCHNECKENMANUFAKTUR

€€€ | 10. Bezirk | **gugumuck.at** | **Bistro an drei Freitagen im Monat, Termine s. Website, 18–23 Uhr** | **Rosiwalgasse 44** | **Tel. 0650 6 18 57 49**

SECRET SERVICE

Grantige Barkeeper gibt es hier bestimmt nicht. Denn im Rollercoaster mixen Roboter Ihre Cocktails. Das schräge Lokal im Zweiten ist ein echtes Erlebnis. Über eine digitale, internationale Speisekarte wählen Sie aus, was über Loopings im hausinternen Rollercoaster an Ihren Tisch gebracht wird. Der Hit des Hauses ist INSIDER TIPP Spezial-Cordon-Bleu mit Opatztem!

➔ ROLLERCOASTER

2. Bezirk | **rollercoaster.rest** | **Mo–Do 12–22.30, Fr–So 11.30–22 Uhr** | **Riesenradplatz 6** | **Tel. 01 66 02 44 38 23**

BLIND DATE, ECHT JETZT

»Dialog im Dunkeln« ist eine Ausstellung, in der die Besucher einmal nicht über die Augen wahrnehmen. Nichtsehende Vermittler führen durch vollkommen dunkle Räume, in denen Alltagssituationen nachgestellt sind. Eine ganz besondere Erfahrung ist das Frühstück oder Dinner im Dunkeln (Reservierung erforderlich) .

➔ DINNER IM DUNKELN

€€€ | 1. Bezirk | **imdunkeln.at** | **Di–Fr 9–18, Sa 10–19, So 13–19 Uhr** | **Führungen 19 Euro, Dinner mit Führung Fr/Sa abends 84 Euro/Pers., Frühstück mit Führung Sa vormittags 32 Euro/Pers.** | **Freyung 6** | **Tel. 01 8 90 60 60**

SO WINZIG UND SCHON EIN KAFFEEHAUS

Das mit Abstand kleinste Café der Stadt liegt unweit vom Prater. Und klein bedeutet: Das Klitzeklein ist ein Bretterverschlag, der selbst für eine Würstelbude mickrig wirken würde. Aber der Kaffee! Den kann man mitnehmen oder direkt am kleinen Stand trinken. Dazu gibt es Bio-Säfte und Kuchen!

➔ CAFÉ KLITZEKLEIN

2. Bezirk | **cafeklitzeklein.at** | **ca. März–Okt. Sa/So/Fei 10–18 Uhr** | **Ausstellungsstr. 2** | **kein Tel.**

DAS VERGESSENE ANALOG-GEFÜHL

Im Supersense können Sie sehen, fühlen, hören – und schmecken. Der ausgeflippte kleine Shop im Zweiten lockt nicht nur mit allerhand schrägen Projekten zur Ehrenrettung der halb vergessenen analogen Welt (Sie können zum Beispiel INSIDER TIPP in einer umgebauten Telefonzelle eigene Schallplatten aufnehmen). Nein, Sie werden dort auch pippifein essen und brauchen sich nicht zu sorgen: Der Käse in der gemischten Platte ist nicht analog.

➔ THE SUPERSENSE

2. Bezirk | **the.supersense.com** | **Di–Fr 9.30–19, Sa 10–17 Uhr** | **Praterstr. 70** | **Tel. 01 9 69 08 32**

HAT STIL

In diesem Ambiente schmeckt's gleich besser

EIN KAISERLICHES VERGNÜGEN

Am Rande der Praterhauptallee steht diesem nach dem Zweiten Weltkrieg wiederaufgebaute Juwel aus dem 19. Jahrhundert. Das Lusthaus, ein rundes Gebäude auf zwei Stockwerken, ist geschichtsträchtig, vor allem aber wahnsinnig charmant. Fast könnte man glauben, dass der alte Kaiser jeden Moment um die Ecke gebogen kommt, um eine der allerdings maßlos überteuerten Haustorten zu verspeisen.

➔ LUSTHAUS WIEN

2. Bezirk | **lusthaus-wien.at** | **Okt.–Dez. Do–Di 12–17, Jan.–März Sa–Di 12–17, sonst Mo–Fr 12–22, Sa/So/Fei 12–18 Uhr** | **Freudenau 254** | **Tel. 01 7 28 95 65**

HINTER KIRCHENFENSTERN

Ein Erlebnis soll es sein, nicht bloß eine schnöde Bar oder ein Restaurant? Das ist das Blue Mustard in der Tat: Mit seinen überdimensionierten Kirchenfenstern und der geschmackvollen Einrichtung gehört das frische Lokal im Ersten schon jetzt zu den architektonischen (und kulinarischen) Sensationen der Stadt.

➔ BLUE MUSTARD

1. Bezirk | **bluemustard.at** | **Di–Do 17–2, Fr/Sa 17–4 Uhr** | **Dorotheergasse 6–8** | **Tel. 01 9 34 67 05**

DSCHUNGEL IM 7.

Selbst an grauen Tagen, wenn Nebel und Wolken tief über der Stadt hängen, kommt in der Wohlfühllocation im Neubau gute Laune auf. Von außen erahnen Sie nicht, was für ein Lokaljuwel sich drinnen auftut: Marmortische treffen auf eine Wandtapete in Regenwaldoptik und ein liebenswertes Serviceteam! Je nach Wochentag und Uhrzeit wählen Sie zwischen Brunch, Mittagsgerichten, mediterranen Tapas und Cocktails. Oberstes Credo: Alles hausgemacht und aus der Region!

➔ R&BAR

7. Bezirk | **dierundbar.com** | **Di–Fr 11.30–2, Sa 9.30–2 Uhr** | **Lindengasse 1** | **Tel. 0043 1 5 22 44 47**

VERKEHRTE WELT

Das umgedrehte, rot-weiße Bergmassiv an der Decke mag am Anfang irritieren. Sobald sich das Auge an die **INSIDER TIPP** unverwechselbare Inneneinrichtung gewöhnt hat, lässt einen die mutige Architektur nicht mehr los. Die Cocktailbar gehört nicht nur zu den feschesten, sondern auch zu den gemütlichsten der Stadt.

➔ IF DOGS RUN FREE

6. Bezirk | **ifdogsrunfree.com** | **Mo–Do 18–1, Fr/Sa 10–3 Uhr** | **Gumpendorfer Str. 10** | **Tel. 01 9 13 21 32**

Freiheit modern

If Dogs Run Free, so why not we?

IMMER WIEDER VON NEUEM WUNDERBAR

In der Liga der verrückten Lokale spielt das Dots mit seiner alle paar Jahre wechselnden Inneneinrichtung ganz vorne mit. Doch wie sich das Sushi-Restaurant im Sechsten auch verwandelt: Seinen prägnanten Stil verliert es nie. Der schrägen Coolness dieser Location kann nicht einmal das bunte Lametta an den Wänden etwas anhaben.

➔ DOTS

6. Bezirk | dots1060.at | Mo–Do 18–1, Fr/Sa 12–1, So 18–24 Uhr | Mariahilfer Str. 103 | Tel. 01 9 20 99 80

KUNST TRIFFT KULINARIK

Das neue Herzig im 15. Bezirk hat es in sich: Während Spitzenkoch Sören Herzig in den ehemaligen Räumlichkeiten vom Dorotheum-Fünfhaus kulinarische Meisterwerke zaubert, können Sie Ihren Blick über zeitgenössische Kunstobjekte schweifen und die Atmosphäre auf sich wirken lassen. Abends geht es hier recht exklusiv zu, doch tagsüber ist die erstklassige Küche für alle erschwinglich. Die INSIDER TIPP Tagesmenüs gibt's mittags für rund 10 Euro.

➔ HERZIG

€€€ | 15. Bezirk | restaurant-herzig.at | Di–Fr 11.30–14 und ab 18.30, Sa ab 18.30 Uhr | Schanzstr. 14 | Tel. 0664 1 15 03 00

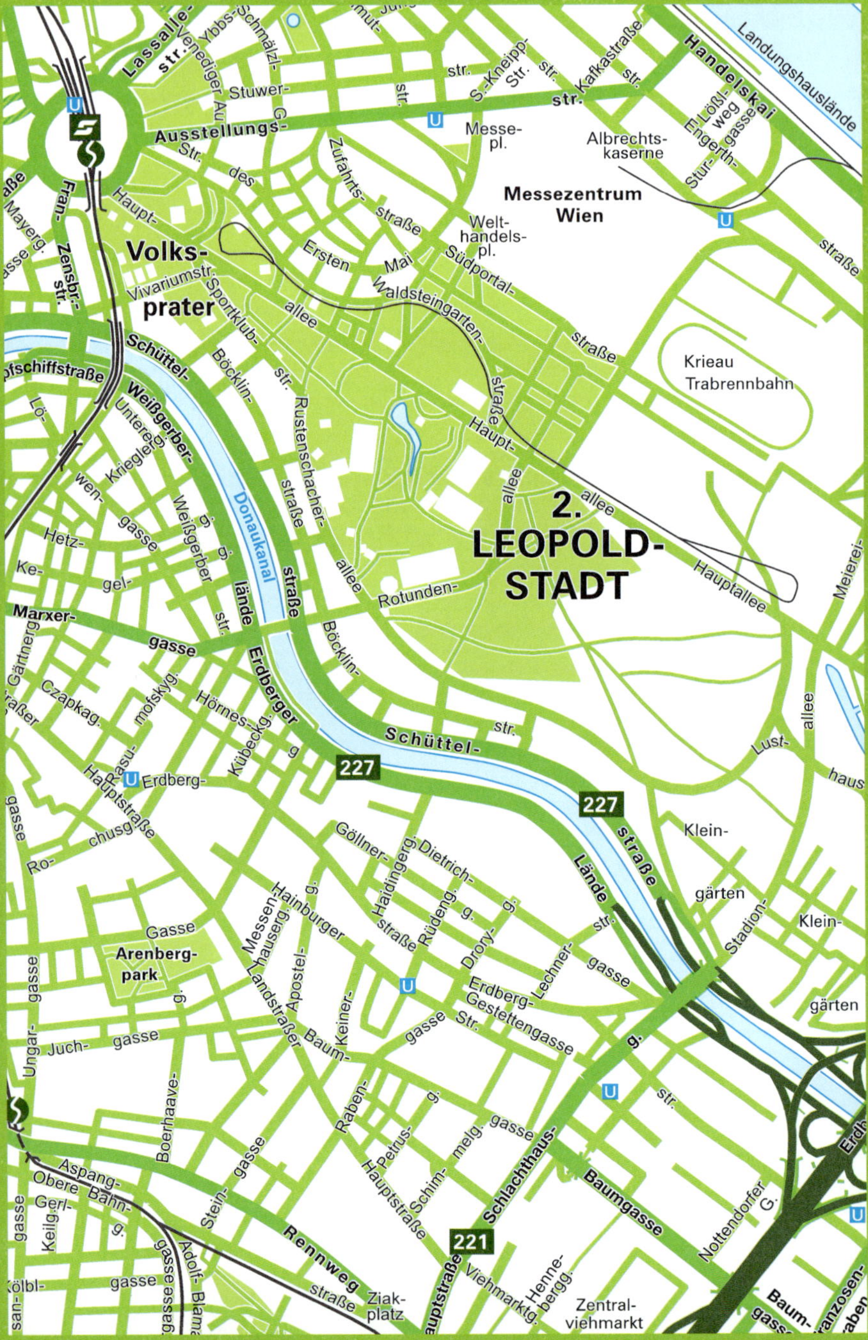
Lassallestr.
Venediger Au
Ybbs-
Schmälzl-G.
Stuwer-
Ausstellungsstr.
Str. des Ersten Mai
Hauptallee
Zufahrtsstraße
S.-Kneipp-Str.
Kafkastraße
Handelskai
Landungshausllände
Messe-pl.
Albrechtskaserne
Lößlweg
Engerthstraße
Sturgasse
Messezentrum Wien
Welthandelspl.
Südportalstraße
Waldsteingartenstraße
Volksprater
Vivariumstr.
Sportklubstr.
Fran-Zensbr.-str.
Mayerg.
Schüttelstraße
Weißgerberlände
Böcklinstr.
Rustenschacherallee
Krieau Trabrennbahn
Untere Weißgerberstr.
Krieglerg.
Löwengasse
Hetzgasse
Kegelgasse
Donaukanal
Rotundenallee
2. LEOPOLDSTADT
Hauptallee
Meiereistr.
Marxergasse
Gärtnerg.
Czapkag.
Rasumofskyg.
Hörnesg.
Kübeckg.
Erdberger Lände
Erdberg
Hauptstraße
227
Schüttelstr.
Lusthausallee
Klein-gärten
Stadionallee
Rochusg.
Göllnerg.
Haidingerg.
Dietrichg.
Rüdeng.
Drorya.
Lechnerstr.
Messenhauserg.
Hainburger Straße
Landstraßer Hauptstraße
Apostelg.
Keinerg.
Erdberg
Gestettengasse
Arenbergpark
Ungargasse
Juchgasse
Baumgasse
Rabeng.
Boerhaavegasse
Aspangstr.
Obere Bahng.
Gerlg.
Keilg.
Steingasse
Petrusg.
Schimmelg.
Schlachthausgasse
Baumgasse
Nottendorfer G.
Rennweg
221
Viehmarktg.
Hennebergg.
Zentralviehmarkt
Ziakplatz
Adolf-Blamauer-G.
Kölblgasse

DIE JAHRESZEITEN IM STADTVIERTEL-CHECK

INNERE STADT 148
NORDWESTEN 150
OSTEN 152
INNERER WESTEN 154
OTTAKRING & RUDOLFSHEIM 156
WIEDEN & MARGARETEN 158

Innere Stadt

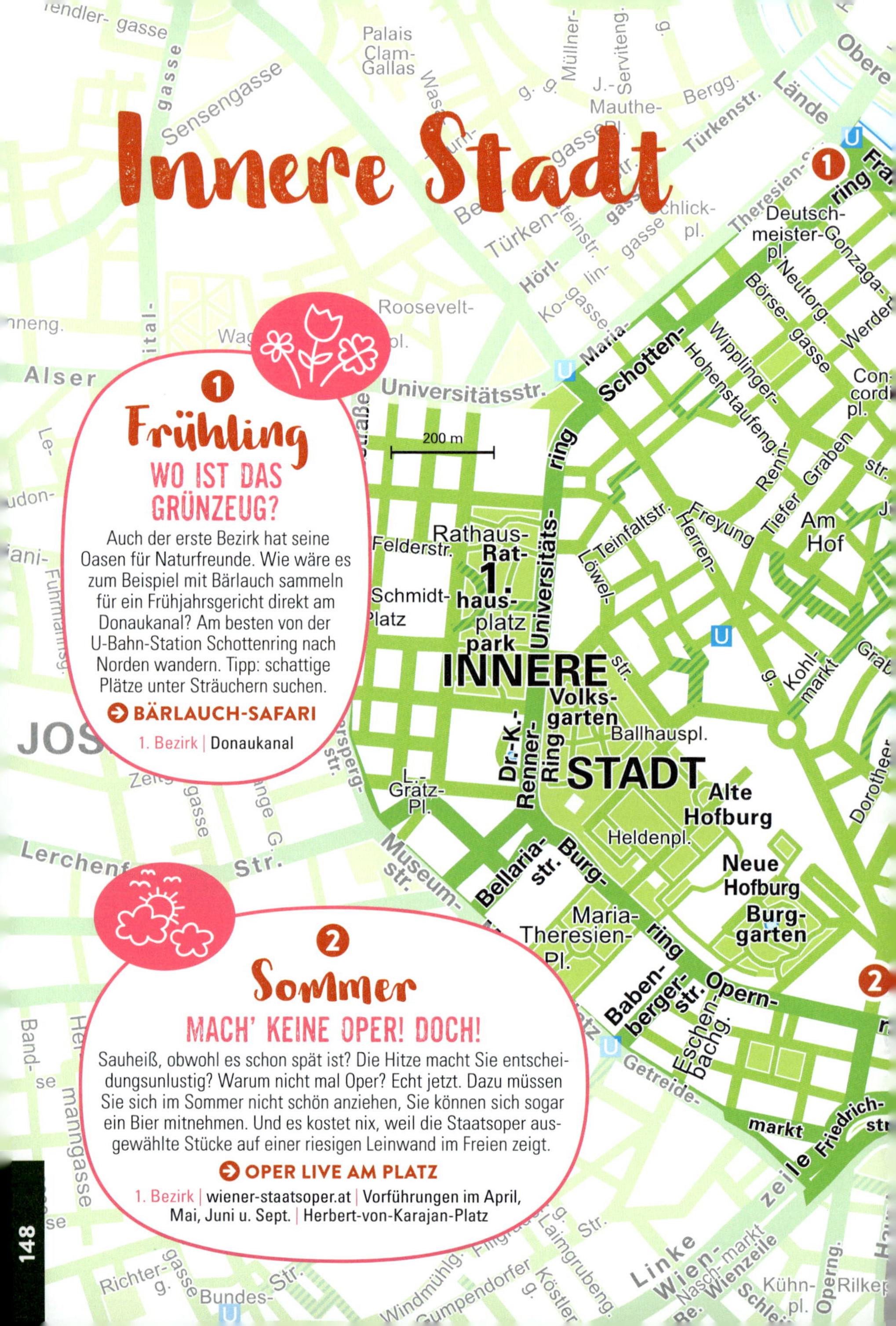

1

Frühling

WO IST DAS GRÜNZEUG?

Auch der erste Bezirk hat seine Oasen für Naturfreunde. Wie wäre es zum Beispiel mit Bärlauch sammeln für ein Frühjahrsgericht direkt am Donaukanal? Am besten von der U-Bahn-Station Schottenring nach Norden wandern. Tipp: schattige Plätze unter Sträuchern suchen.

➔ BÄRLAUCH-SAFARI

1. Bezirk | Donaukanal

2

Sommer

MACH' KEINE OPER! DOCH!

Sauheiß, obwohl es schon spät ist? Die Hitze macht Sie entscheidungsunlustig? Warum nicht mal Oper? Echt jetzt. Dazu müssen Sie sich im Sommer nicht schön anziehen, Sie können sich sogar ein Bier mitnehmen. Und es kostet nix, weil die Staatsoper ausgewählte Stücke auf einer riesigen Leinwand im Freien zeigt.

➔ OPER LIVE AM PLATZ

1. Bezirk | wiener-staatsoper.at | Vorführungen im April, Mai, Juni u. Sept. | Herbert-von-Karajan-Platz

3

Herbst

SCHÖNER LEIDEN IN WIEN

Die Melancholie gehört zum Herbst dazu. Genießen Sie sie. Wie wäre es mit einem Spaziergang rund um den Ring? Lassen Sie sich vom Stadtpark aus wie ein Tourist in Ihrer eigenen Stadt treiben, die Seele taumelt dabei in ihre ganz eigenen Abgründe.

➔ RINGSTRASSE

1. Bezirk | wien.info/de/sightseeing/ringstrasse

4

Winter

HOCH VOM DACH DA KOMM ICH HER

Weihnachtsmarkt = Menschenmassen, kalte Füße, nichts zu sehen? Muss nicht sein. Trinken Sie Ihren Punsch auf der Dachterrasse des Ritz-Carlton: ein echter Christkindlmarkt mit Blick auf den Steffl. Wird es kalt, lockt INSIDER TIPP eine stilvolle Holzhütte zum Aufwärmen, das Ritz-Chalet.

➔ CHRISTKINDLMARKT THE RITZ-CARLTON

1. Bezirk | ritzcarlton.com/de/hotels/europe/vienna | Mitte Nov.–Ende Dez. tgl. 16–21 Uhr | Schubertring 5–7 | Tel. 01 31 18 80

Nordwesten

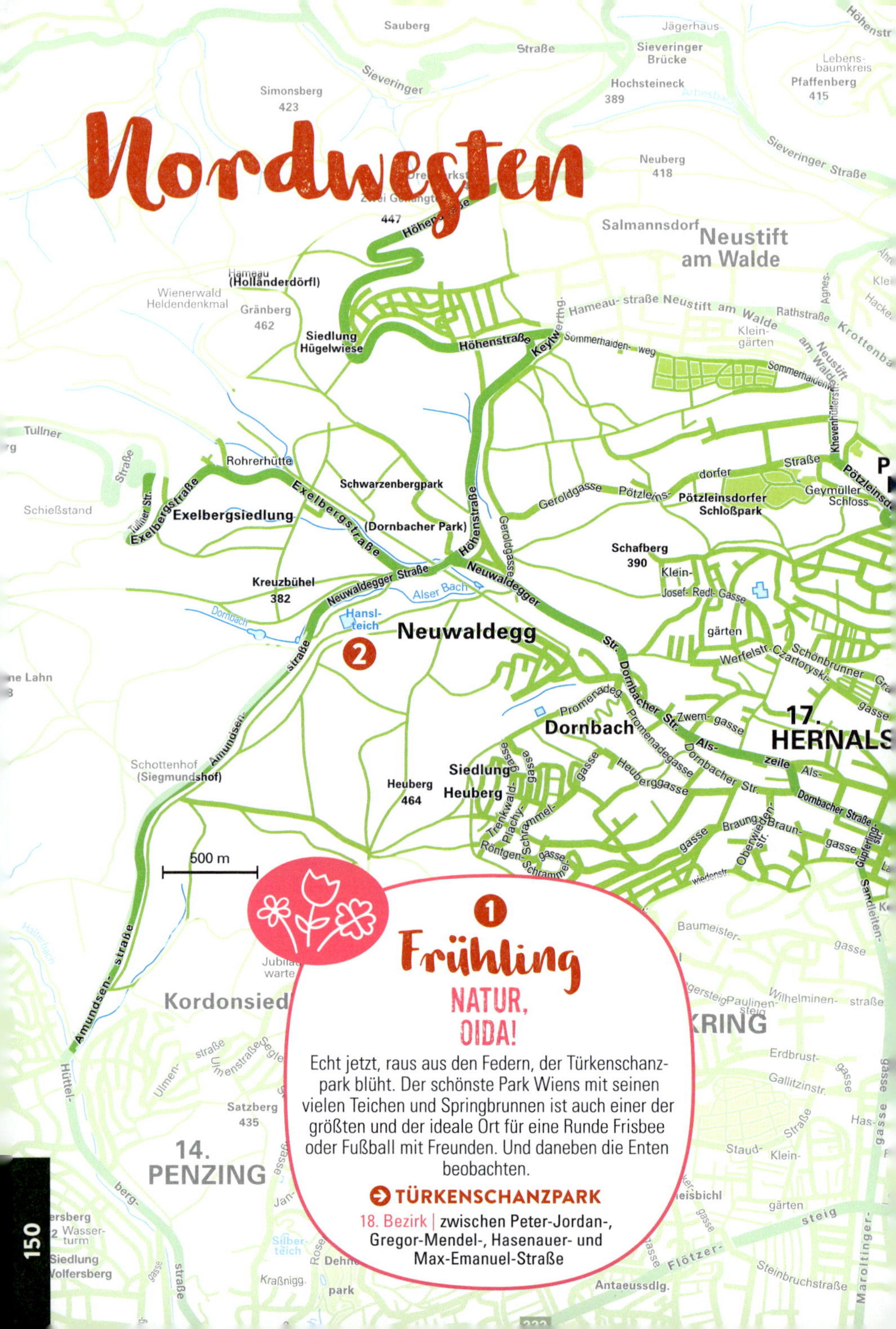

1

Frühling

NATUR, OIDA!

Echt jetzt, raus aus den Federn, der Türkenschanzpark blüht. Der schönste Park Wiens mit seinen vielen Teichen und Springbrunnen ist auch einer der größten und der ideale Ort für eine Runde Frisbee oder Fußball mit Freunden. Und daneben die Enten beobachten.

→ TÜRKENSCHANZPARK

18. Bezirk | zwischen Peter-Jordan-, Gregor-Mendel-, Hasenauer- und Max-Emanuel-Straße

2 Sommer

STILL AM SEE

Es muss nicht immer Baden sein. Das kann kann man am Hanslteich nämlich nicht. Aber dafür eignet er sich für einen romantischen Spaziergang mit anschließendem Picknick. Lassen Sie sich auf einem Bankerl nieder und genießen Sie die Stille.

➔ **HANSLTEICH**

17. Bezirk | Amundsenstraße

3 Herbst

SCHÖNER SCHMÖKERN

Lesen Sie den Klassiker »Die Strudlhofstiege« von Heimito von Doderer zwischen herabfallenden Blättern auf der herbstlichen Strudlhofstiege. Der Großstadtroman über die Vergänglichkeit des Glücks passt perfekt zur Jahreszeit.

➔ **STRUDLHOFSTIEGE**

9. Bezirk | geschichtewiki.wien.gv.at/Strudlhofstiege | zwischen Strudlhofgasse und Liechtensteinstraße

4 Winter

REISEN OHNE TICKET

Wenn es draußen kalt ist und Sie gerne woanders wären, empfiehlt sich ein Besuch im Sprachcafé. Dort ist zwar auch Winter, aber dafür können Sie mit Leuten aus aller Welt reden – und spielerisch neue Sprachen lernen.

➔ **SPRACHCAFÉ**

9. Bezirk | agendaalsergrund.at/projekte-detail/sprachcafe.html | jeden Do 17–19 und jeden 2. Mi im Monat 18.30–20.30 Uhr, kostenlos | Galileigasse 8 | Tel. 01 3157876

Osten

1

Frühling

ES GRÜNT SO GRÜN

Ein Oreganostrauch, ein paar Tomaten ziehen: Das kriegen doch auch Sie hin. Zumindest im Gemeinschaftsgarten unter Anleitung. Wo? Im Gemeinschaftsgarten Sophiengarten. Einfach ausprobieren.

➔ **SOPHIENGARTEN**

3. Bezirk | facebook: Sophiengarten | Erdberger Lände 6

2 Sommer

RUHEOASE IM ZWEITEN

Es ist H-E-I-S-S und Sie wollen bloß ein wenig Ruhe und Kühle. Ab in den Prater. Nein, nicht auf den Rummelplatz, in den Grünen Prater, wo jahrhundertealte Bäume Schatten spenden.

➔ GRÜNER PRATER

2. Bezirk | wien.info/de/orte/prater | zwischen Praterstern und Winterhafen | Tel. 01 40 00 80 42

3 Herbst

BEQUEMER CRUISEN

Eine Radtour muss nicht anstrengend sein. Besonders gechillt fahren Sie im Herbst – wenn es nicht zu heiß und nicht zu kalt ist – entlang des Donaukanals, garantiert ohne Steigung. Starten Sie zum Beispiel beim Wettsteinpark und lassen Sie sich einfach treiben.

➔ DONAUKANAL

2. Bezirk

4 Winter

RAUF AUF DIE RODEL

Zum Schlittenfahren müssen Sie die Stadt nicht verlassen. Eine kleine, aber feine Abfahrt finden Sie – Schnee vorausgesetzt – auf der Jesuitenwiese.

➔ JESUITENWIESE

2. Bezirk | geschichtewiki.wien.gv.at/Jesuitenwiese | Schneeinfo Tel. 01 400 09 72 00

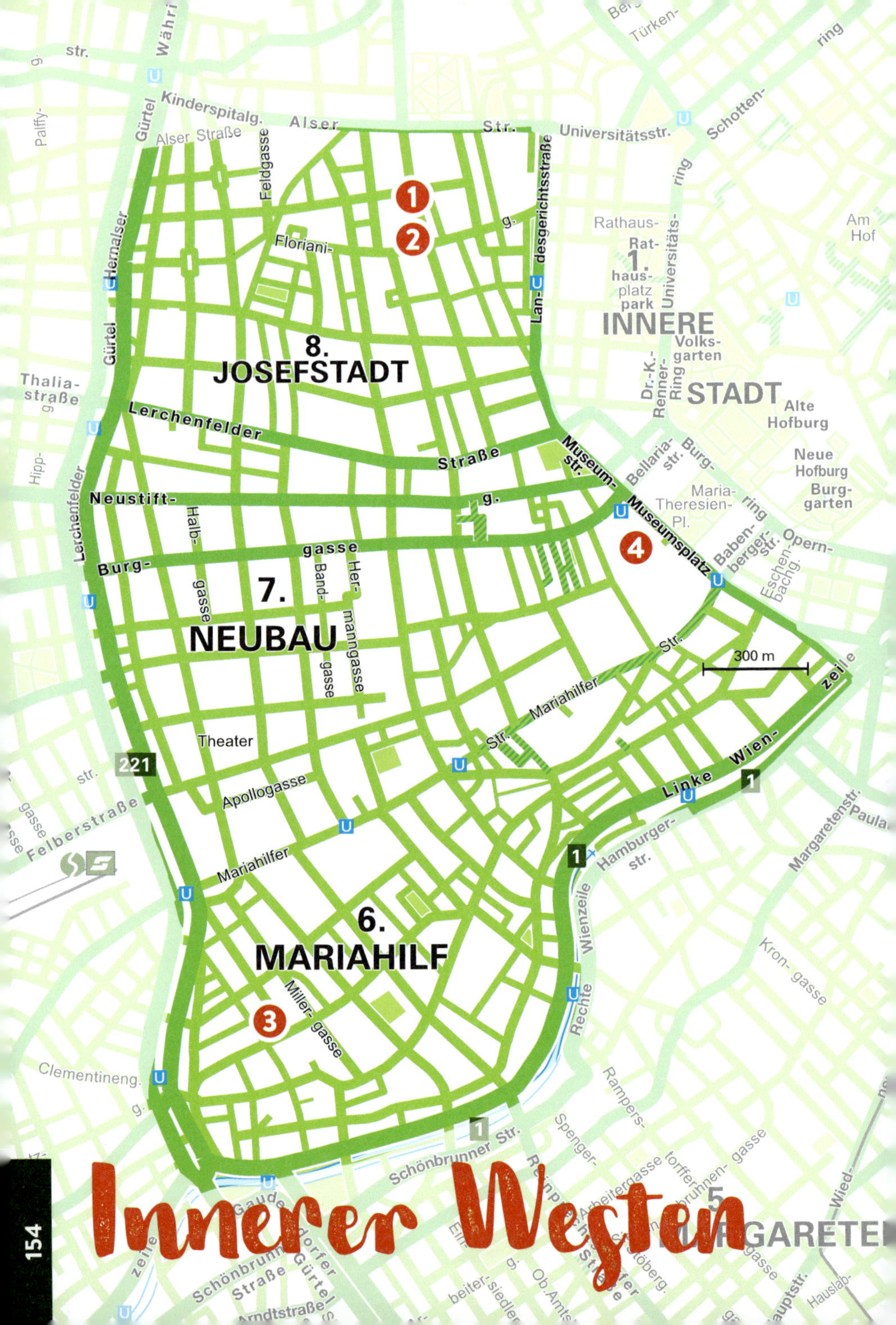

Innerer Westen

1 Frühling

WAS HEISST HIER GRÜNER DAUMEN?

Frühlingsputz in der Wohnung ist mal wieder angesagt: check. Aber irgendwas fehlt noch, oder? Genau, Blumen. Besonders schöne bekommen Sie bei

➔ DOLL'S BLUMEN

8. Bezirk | florist.at | Mo–Fr 9–18.30, Sa 9–15 Uhr | Lange Gasse 62 | Tel. 01 405 95 31

2 Sommer

IN DER KÜRZE LIEGT DIE WÜRZE

Sommerliche Freiluftkinos gibt es einige. Aber das dotdotdot beim Volkskundemuseum ist außergewöhnlich: Hier werden Kurzfilme gezeigt, die Sie garantiert nirgendwo anders zu sehen bekommen.

➔ DOTDOTDOT

8. Bezirk | dotdotdot.at | Juli/Aug., Termine s. Website | Schönbornpark

3 Herbst

HALLO, NACHBAR!

Wenn es kühler wird und die Blätter von den Bäumen fallen, rücken die Menschen zusammen. Eine super Möglichkeit, neue Leute kennenzulernen ist das

➔ NACHBARSCHAFTSZENTRUM MARIAHILF

6. Bezirk | nachbarschaftszentren.at/nz6/zentrum | Termine s. Website | Bürgerspitalgasse 4–6 | Tel. 01 597 36 50

4 Winter

GLÜHEN MIT WEINEN UND STIL

Kein Fan von weihnachtlichen Glühweinständen? Geben Sie denen im Museumsquartier wenigstens eine Chance. Nirgendwo anders in der Stadt ist das Bibbern im Freien so hip.

➔ WINTER IM MQ

7. Bezirk | mqw.at | Anfang Nov.–23. Dez. tgl. | Museumsplatz 1/5 | Tel. 01 523 58 81

Ottakring & Rudolfsheim

1 Frühling

AUSWANDERN? STADTWANDERN!

Sind Sie volksliedfest? Wären Sie gerne … Na dann! Ausprobieren, beim »Singen im Frühling« im Volksliedwerk.

➔ SINGEN IM FRÜHLING

16. Bezirk | wienervolksliedwerk.at | Termine s. Website | Gallitzinstr. 1 | Tel. 01 4 16 23 66

2 Sommer

KLEIN-ISTANBUL

Nur weil Ihnen das Kleingeld für einen Türkei-Urlaub fehlt, müssen die Sommerferien nicht ins Wasser fallen. Keine Sorge, es gibt den Brunnenmarkt – da fühlen Sie sich gleich wie in Istanbul.

➔ BRUNNENMARKT

16. Bezirk | wien.gv.at/freizeit/einkaufen/maerkte/lebensmittel/brunnenmarkt.html | Mo–Fr 6–19.30, Sa 6–17 Uhr | Brunnengasse 8 | Tel. 01 4 00 01 64 61

3

Herbst

NUR DAS FOTO WIRD GEJAGT

Der Sechzehnte ist in mehrerlei Hinsicht ein wilder Bezirk. Wussten Sie etwa, dass im Ottakringer Wald haufenweise Rehe, Hirsche und Füchse herumlaufen? Schnappen Sie sich einfach eine Kamera und los geht's auf Fotosafari.

➔ OTTAKRINGER WALD

16. Bezirk | wien.gv.at/umwelt/wald/erholung/ottakringer-wald.html | Johann-Staud-Straße

4

Winter

LITERARISCHER WINTERSPECK

Der Winter ist lang und die Hausbibliothek ausgelesen? Gratis Nachschub gibt's hier. Einzige Bedingung: Umgekehrt sollten auch Sie einen alten Schmöker mitbringen.

➔ BÜCHERECKE IM DOLCE LAGO

16. Bezirk | dolcelago.at | Mo 16–24, Di/Mi 8–24, Do 8–0.30, Fr 8–2, Sa 9–2, So 9–24 Uhr | Payergasse 10 | Tel. 01 957 47 95

Wieden & Margareten

1 Frühling

RAUS AUS DER STUBE

Von wegen, im Fünften kann man draußen nichts machen. Blödsinn, das ist ein Vorurteil! Die ersten Sonnenstrahlen lassen sich zum Beispiel auf der Wientalterrasse wunderbar genießen.

➔ WIENTALTERRASSE

5. Bezirk | **zwischen Spengergasse und Redergasse**

2 Sommer

DURCHHÄNGEN KANN LEBEN RETTEN

Wenn Durchhänger in der Hitze, dann richtig – in einer der vielen **INSIDER TIPP** Hängematten im Bruno-Kreisky-Park. Mit etwas Glück gibt's am Abend kostenloses Freiluftkino.

➔ BRUNO-KREISKY-PARK

5. Bezirk | **Ecke Margaretengürtel/ Schönbrunnerstraße**

3

Herbst

FÜR EINE HANDVOLL KAESCH

Kaesch ist kein Cash, aber doch eine Währung – für Talente und Dienstleistungen. Bei den Tauschkreisen und Stammtischen dominiert das Gemeinsame. Gut gegen Herbst-Blues.

➔ KAESCH

4. Bezirk | kaesch.at | Termine s. Website | Wiedner Hauptstr. 60b

4

Winter

SÜDSEEINSEL 1040

Draußen ist es schweinekalt und Sie möchten sich am liebsten auf eine ferne Südseeinsel beamen? Schauen Sie bei Bali Yoga vorbei – und Sie werden sich eine Stunde lang wie am anderen Ende der Welt fühlen.

➔ BALI YOGA

4. Bezirk | baliyoga.at | Gußhausstr. 2 | Tel. 0676 6 15 84 63

Register

Ablaufdatum 19
Afro-Asiatisches Institut 124
Aida 70
Al Chile 90
Allgemeines Krankenhaus der Stadt Wien 83
Alt Wiener Stuben 118
Am Nordpol 3 16
Apadana 123
Apotheke zum Einhorn 113
Artner am Franziskanerplatz 136
Äthiopisches Restaurant 120
Atmosphere Rooftop Bar 132
Aux Gazelles 63
Bach 47
Bäckerei Joseph 111
Bahnhof Semmering 77
Bali Yoga 159
Balthasar Kaffee Bar 6
Bao Bar 115
Bärlauch-Safari 148
Berliner Döner 30
Bettelstudent 96
Billardcafé und Bar Downstairs 21
Blockfabrik 69
Blue Mustard 144
Botanical Garden 43
Brandauers Bierbögen 101
Breakfast Club 60
Brothers' Barbershop 125
Brot und Spiele 93
Brunnenmarkt 156
Bruno-Kreisky-Park 158
Bücherecke im Dolce Lago 157
Bundesministerium für Gesundheit und Frauen 83
Café Afro im Afro-Asiatischen Institut 124
Café Alt Wien 49
Café Amacord 140
Café Bendl 54
Café Bräunerhof 14
Café Burggasse 24 59
Café Carina 47
Café der Provinz 80
Café Else 22
Café Engländer 74
Cafe Europa 54
Café Frame 23
Café Français 43
Café Glaser 22
Café Hawelka 71
Café Himmelblau 94
Café Jelinek 139
Café Kafka 73
Café Klitzeklein 143
Café Korb 22
Café Landtmann 61
Café Little Britain 111
Café Mocca 35
Café Oben 133
Café Restaurant Augarten 138
Café-Restaurant im Naturhistorischen Museum 132
Café Rüdigerhof 45
Café Sperl 110
Café Stadtbahn 49
Café Wolfgang 6
Carnuntum 77
Casa Caribeña 121
Celeste 45
Centimeter 101
Charlie P's 43
Chelsea 46
Chocolaterie Fruth 110
Christkindlmarkt 149
Christoph Thomann 141
Cin Cin Buffet 6
Cineplexx 20
Clash 24
Club Alice 39
Club International 136
Club Schwarzenberg 48
Club U 39
Coffee Pirates 6
Colombo Hoppers 120
Crossfield's Australian Pub 123
Curryinsel 55
Dachboden-Bar im 25hours Hotel 133
Daniel Bakery 60
Das Augustin 50
Das Bootshaus 138
Das Eduard 73
Das Kolin 42
Das Orange 35
Das Spittelberg 32
Das Werk 38
Deli Bluem 91
Demel 71
Der Fuchs und die Trauben 16
Der Wiener Deewan 101
Die Burgermacher 67
Dinner im Dunkeln 143
Disco Volante 81
Ditta 9
Dolce Lago 157
Doll's Blumen 155
Donau 41
Donaukanal 153
Dotdotdot 155
Dots 145
Dritte-Mann-Tour 134
Dschungelcafé 95
Ebi 102
Eden Bar 128
Eissalon Benner 110
Elektro Gönner 36
English Mondays 21
Enrico Panigl 18
Erasmus Party Night 21
Erich 55
Espresso 13
Etap 65
Fabios 128
Fett und Zucker 71
Feuervogel 121
Finnshop 124
Fischerhaus 89
Flakturm im Augarten 83
Flatschers 74
Flex 83
Flohmarkt beim Naschmarkt 63
Florentin 14
Fluc 37
Franz von Hahn 36
Free Flow Champagner Brunch 130
Freshmans 115
Friedhof der Namenlosen 77

Fruity Hop 21
Gangl 65
Ganz Wien 35
Gasthaus Automat Welt 86
Gasthaus Kopp 102
Gasthaus Lindwurm 90
Gasthaus Pöschl 65
Gasthaus Quell 96
Gasthaus Wolf 119
Gastwirtschaft Blauensteiner »Zur Stadt Paris« 116
Gastwirtschaft Steman 116
Glacis Beisl 118
Gloriette Café 129
Goodmann 54
Gourmetfahrt mit La Creperie 77
Grelle Forelle 38
Grüner Prater 153
Grünspan 94
Gubler & Gubler 85
Gugumuck – Wiener Schneckenmanufaktur 143
Haas und Haas Teehaus 58
Habibi und Hawara 120
Haferpoint 12
Hammam und Salon de Beauté im Aux Gazelles 63
Hannibal 124
Hansen 59
Hanslteich 151
Happy Lab 92
Hawidere 45
Health Kitchen 104
Herzig 145
Heuriger Hirt 67
Hidden Kitchen 108
Hildebrandt Café 95
Hollerei 104
Home Café 123
Honu Tiki Bowl 104
Horst 40
If dogs run free 144
Il Sestante 72
Inigo 91
Ivys Pho House 31
Jausenstation Meierei 65
Jesuitenwiese 153
Johnny's Pub 25
Joma 61
Jonas Reindl 14
Josefine-Mutzenbacher-Spaziergang 135
Jubiläumswarte 135
Junn Bar & Kitchen 12
Justizcafé 128
Kaesch 159
Kaffeeküche 7
Kaffeemik 7
Kaffeemodul 14
Kaoo 86
Kapuzinergruft 69
Karmafood 10
Karmelitermarkt 62
Kierlinger 80
Kim 140
Kleines Cafe 139
Klein Steiermark im Schweizergarten 136
Klyo 30
Konoba 86
Krah Krah 32
Kramladen 47
Krapfenwaldbad 63
Kreisky 25
Kruger's American Bar 131
K.u.K Hofzuckerbäcker L. Heiner 71
La Creperie 77
Lainzer Tiergarten 69
La Mia 19
Leberkas-Pepi 30
Leopoldauer Alm 101
Le Troquet 81
Liebling 51
Lili Markt 125
Loop 47
Loos-Bar 23
Loving Hut 109
Lugner City 82, 102
Lusthaus Wien 144
Magdas Kantine in der Brotfabrik 10
Malipop 24
Mama Liu & Sons 85
Marea Alta 36
Marks 9
Max & Benito 11
Meissl & Schadn 116
Mill 58
Miss Maki 105
Mobi-Nil-Handybox 113
Mochi 85
Motto 53
Motto am Fluss 9
Mozart & Meisl 119
Mozart's 53
MQ 155
Mraz & Sohn 17
Mukusal Krabbel-Café 91
Museum der Illusionen 68
Museumsquartier 27
Nachbarschaftszentrum Mariahilf 155
Nachtführung Tiergarten Schönbrunn 27
Nam Nam 12
Nationalpark Donauauen 76
Naturhistorisches Museum 132
Naturkost St. Josef 95
News Café 58
Nguyen's Pho House 65
Ö1 Klassik-Treffpunkt 62
Oberlaa-Dommayer 71
Okiru 102
Oktogon am Himmel 94
Omu Bar 43
Opera Club 41
Oper live am Platz 148
Ottakringer Wald 157
Paco 85
Palmenhaus im Burggarten 61
Palmenhaus Schönbrunn 68
Pizza Randale 17
Pizzaria Mafiosi 44
Pizzeria Nino 53
Plachutta 89
Poledance Vienna 107
Polkadot 36
Polyklamott 113
Porgy & Bess 40
Pramerl & the Wolf 130
Pratersauna 40
Puff – Die Bar 25
R&Bar 144
Reformhaus Buchmüller 109
Reigen 34
Reinwein 50
Restaurant Kanzleramt 128
Restaurant Luftburg 90
Rhiz 47
Ride Club 21
Ringstraße 149
Rio Gostoso 123
Rita bringt's 109
Rollercoaster 143
Römerstadt Carnuntum 77
Roxy 37
Rüdigerhof 50
Rudis Beisl 119
Rupp's 45
Said the Butcher to the Cow 31
Saladbox 105
Salettl Pavillon 80
Salonplafond im MAK 74
Sass 40
Schachtelwirt 32
Schikaneder 25
Schlipf & Co 17
Schneiderei Michael 113
Schönscharf 10
Schüberl Auer 97

Schule für Dichtung 27
Schutzhaus zur Zukunft 97
Schwarzer Rabe 72
Semmering 77
Shebeen 74
Shokudo Kuishimbo 19
Silberwirt 67
Singen im Frühling 156
Skatearea 23 107
Skybar 132
Sly & Arny 101
Snack-Shop Liechtensteinstraße 115
Sophiengarten 152
Spelunke 61
Sportanlage Engelmann 26
Sprachcafé 151
Steirereck 89
Strudlhofstiege 151
Supertramps 134
Suppenwirtschaft 105
Tag/Nachtasyl 50
Tanzcafé Jenseits 51
Tel Aviv Beach 138
Thai Isaan Kitchen 114
The Bank 25
The Brickmakers Pub & Kitchen 85
The Dungeon 106
The Highlander 97
The Krypt 43
The Loft 38
The Ritz-Carlton 149
The Supersense 143
Tian 108
Tiergarten Schönbrunn 27
Time Busters 93
Titanic 40
Trabrennbahn Krieau 129
Trzesniewski 114
Tulsi 19
Tür 7 130
Türkenschanzpark 150
Turmrestaurant 133
Turnhalle 111
U4 39
Ufertaverne 86
Urban Game Clinic 93
Vienna City Boot Camp 107
Vindobona 61
Volksgarten – Club & Säulenhalle 39
Volksgarten Pavillon 18
Vollpension 140
Waldseilpark Kahlenberg 93
Waldtzeile 102
Weinstube Josefstadt 72
Wenkh 10
Why Not Clubdisco 48
Wiener Frauenspaziergänge 135
Wien läuft 107
Wientalterrasse 158
Wirr am Brunnenmarkt 55
Wirr in der Burggasse 55
WUK 26
Wulfisch 114
Wunderbar 49
Yak und Yeti 11
Yamm! 109
Zuckergoscherl 13
Zum Roten Bären 16
Zum scharfen Rene 32
Zum Schwarzen Kameel 89
Zur Alten Kaisermühle 80
Zur Eisernen Zeit 45
Zur Herknerin 89
Zur Stadt Krems 119
Zur Wildsau 67
ZustellBar 112
Zweitbester 35
Zwölf Apostelkeller 96

FSC
www.fsc.org
MIX
Paper from responsible sources
FSC® C015829

Impressum

10. Auflage 2020, Beste Stadt der Welt – Wien 2020 (Cityguides)
© MAIRDUMONT, Ostfildern
Gesamtredaktionelle Betreuung: derschönstesatz (Lucia Rojas)
Lektorat: Lucia Rojas
Autor: Marie-Dorothée Amenitsch, Wolfgang Rössler
Autoren/Mitarbeit bis 7. Auflage – Wien für Wiener (Cityguides): Wolfgang Rössler, Maximilian Brustbauer, Anita Ericson, Clara Gallistl, Johanna Jenner, Sabrina Krain, Heidi Rietsch, Ruth Weismann, Anne Zimmermann
Fotograf: Toni Anzenberger
Bildredaktion: Anja Schlatterer
Kartografie Touren- und Stadtviertelkarten: © MAIRDUMONT, Ostfildern
Vermarktung: MAIRDUMONT MEDIA, media@mairdumont.com
Gestaltung Cover: Langenstein Communication GmbH, Ludwigsburg
Innengestaltung: Superherogroup, Stuttgart

Printed in Italy.

BILDNACHWEIS

M.-D. Amenitsch (164 o.); T. Anzenberger (Klappe o., Klappe M., Klappe u., 4, 7 o., 8, 11, 12, 15, 17, 18, 23 o., 24 u., 28, 33, 34, 37, 41, 48, 51, 52, 54, 56, 59 o., 60, 64, 66, 70, 73 u., 75, 78, 81 o., 84, 87, 88 u., 91, 97, 100, 105, 108, 111, 115, 117, 121, 122, 129, 131, 133, 137, 138, 141, 142, 145); Laif: P. Rigaud (98, 118); mauritius images: (112/113), N. Frei (123), haag+kropp (134 re.), A. Killian (88 o.), Schöttger (74); mauritius images/age fotostock: vedrosn (106); mauritius images/Alamy: AKP photos (125), D. Barba (132), S. Burford (46), S. Fesenko (7 u.), S. French (42), N. Kostenyukova (140), E. Lattes (19 u. li.), H. Sessions (24 o., 30), M. Tielemanns (92), W. Wiskerke (53), Zoonar (101, 110); mauritius images/artpartner (39, 73 o.); mauritius images/chromorange: B. Kägi (76); mauritius images/Cultura: Manuela (38); mauritius images/foodcollection (19 u. re., 31, 35, 36, 44, 67, 102, 103, 104); mauritius images/imagebroker: S. Belcher (23 u.), C. Brignell (82), M. Brunner (72), creativ studio heinemann (68), foodcollection (14), M. Hauser (10), O. Maksymenko (134 li.), M. Redmann (62), M. Weber (26), A.-S. Wittwer (81 u.); mauritius images/photononstop: C. Abad (59 u.); mauritius images/pixtal (20); mauritius images/Westend61: S. Kranfeld (109); mauritius images/weststudios (65); picture-alliance/APA/picturedesk.com: J. Brass (95)

SCHREIBEN SIE UNS!

LIEBE LESERIN, LIEBER LESER
Wir setzen alles daran, Ihnen möglichst aktuelle Informationen zu geben. Dennoch schleichen sich manchmal Fehler ein – trotz gründlicher Recherche unserer Autoren/-innen. Sie haben sicherlich Verständnis, dass der Verlag dafür keine Haftung übernehmen kann. Wir freuen uns aber, wenn Sie uns schreiben:

Marco Polo Redaktion
MAIRDUMONT
Postfach 31 51
73751 Ostfildern,
info@marcopolo.de

Autoren und Fotograf

MARIE-DOROTHÉE AMENITSCH

hat ihre Wienbegeisterung nach dem Studium zum Beruf gemacht. Die Wahl-Wienerin liebt die Weltoffenheit der Stadt und den Mix aus Tradition und Moderne. Macht sie nicht gerade mit ihrem Fahrrad auf der Suche nach Neueröffnungen die Stadt unsicher, sitzt sie im Café Phil und genießt zwischen unzähligen Buchrücken das aufgeweckte Treiben.

TONI ANZENBERGER

hat die Hoffnung aufgegeben, dass seine Heimatstadt (wie einst im Jahr 1910) wieder zur fünftgrößten Stadt der Welt werden wird. Er sieht mit Begeisterung, dass sie immer weiter wächst, internationaler wird und vor positiver Energie nur so strotzt. Dem typisch grantigen Kellner begegnet er nur noch selten. Kontakt: tonianzenberger.com

WOLFGANG RÖSSLER

musste an einem regnerischen Novembernachmittag im Café Weidinger verblüfft feststellen, dass er sich in Wien zu Hause fühlt. Ursprünglich kommt er aus Kärnten, wo er für eine Lokalzeitung über Politik berichtete. Jetzt lebt und arbeitet er als freier Journalist und Autor in Wien. Kontakt: wolfgangroessler.com